Lena van de Velde

Hamburg. Mit dem Rüstzeug seiner Eltern ausgestattet, begegnet Jan während seiner ersten Schritte in Unabhängigkeit Lena, der Tochter eines wohlhabenden hanseatischen Kaufmanns. Eine einzige Nacht mit ihr genügt, sein Selbstvertrauen auf mysteriöse Weise zu erschüttern. Schutzlos wähnt er sich seiner Besucherin gegenüber ausgeliefert. Rückblickend sucht er nach einer Erklärung und beschreibt die unterschiedliche Wahl von drei jungen Menschen und ihrem Aufbruch in die Eigenständigkeit.

Jens Hanisch, 1970 in Dortmund geboren, wuchs in Lüneburg auf. Er wohnte zwanzig Jahre lang in Hamburg und lebt seit 2013 in Norderstedt. Mit Mondsee Philomela veröffentlichte er seinen ersten Roman im August 2013. 2017 folgte Lena van de Velde.

Jens Hanisch
Lena van de Velde
Roman

Bibliografische Information der Deutschen Nationalbibliothek:
Die Deutsche Nationalbibliothek verzeichnet diese Publikation in
der Deutschen Nationalbibliografie; detaillierte bibliografische
Daten sind im Internet über http://dnb.dnb.de abrufbar.

© 2017 Jens Hanisch – www.eudämonis.de
Illustration: Jens Hanisch
Herstellung und Verlag: BoD – Books on Demand, Norderstedt

ISBN: 978-3-7431-2733-3

Anna Lena

Das Eine ist Alles
Alles in Einem
Dies begriffen
Wozu sich um Vollendung
sorgen? (Seng-Ts'an)

Mein Irrtum: Die Überzeugung, ich, meiner selbst gewiss, sei nicht zu erschüttern. Die Begegnung mit einem Besucher, einer Hüterin, lehrte mich eines anderen. Das Rüstzeug, das meine Mutter mir mit auf meinen Weg gegeben hatte, noch mein Wille vermochten mich zu schützen. Bis auf eine Skizze hinterließ Lena keine weitere Spur, mit der ich mir ihre Gegenwart hätte erklären können.

Beinahe unheimlich: Wie aus dem Nichts tauchte sie in mein Leben, verweilte kurz gleich einer Rast und verabschiedete sich wenig später den Boden verseuchend, den ich die folgenden Tage und Wochen zu betreten haben würde. Dies war zumindest das Gefühl, das sich meiner bemächtigte. Die Skizze: ein Akt, in der einen Nacht mit Kohle gezeichnet, während ich auf meinem Bett lag und schlief. Das Blatt, sorgsam aus einem Skizzenbuch herausgetrennt, lag auf meinem Tisch. Für mich blieb nur Raum für Mutmaßungen, warum sie gegangen war, ohne sich von mir zu verabschieden. Tage später erhielt ich eine Karte aus New York: eine Ansicht auf die Freiheitsstatue. Sie schrieb, gut angekommen zu sein. *Verzeih mir, Abschiede aber zählen nicht zu meinen Stärken.* Kein Absender, keine E-Mail-Adresse oder Telefonnummer, nichts. Für die Zeichnung kaufte ich einen Rahmen. Sie steht schräg links vor mir auf dem Tisch, an dem ich sitze und diese Zeilen schreibe, mit dem Eindruck, einem Besucher, besser einer Besucherin aufgesessen zu sein.

Die Begegnung mit einer Hüterin birgt Gefahr. Ehe derjenige sich versieht, steht ihm eine solche zur Seite. Und ohne die Gefahr zu wittern, verführen sie einen, wogegen sich kein Gegenmittel findet, ganz als würde ein Zaubertrank gereicht. Wenige Menschen behaupten, es handle sich um Nomaden, Erdnomaden, Schattengeister, einst der Unterwelt entstiegen, heimatlos, getrieben, inzwischen über die gesamte Welt verstreut, mit dem Auftrag, Veränderungen, eine Wende in Gang zu setzen. Ihr Sitz: New York, Hauptstadt des Okzidents. Wer ihnen begegne, der verkaufe seine Seele für nur eine gemeinsame Nacht.

Glaube ich einer alten Legende der Pikten aus dem schottischen Hochland – nicht in Stein gemeißelt, sondern mündlich überliefert von Generation zu Generation –, steigen die Hüterinnen zum Totenreich einmal im Jahr zu Vollmond vor der Sommersonnenwende auf die Erde hinab. Tief in der Nacht, wusste die Großmutter ihrer Enkeltochter zu berichten – sie war schottischer Abstammung –, gleiten ihre Barken aus dem Jenseits lautlos über die dunkle See. Mit dem Morgentau stoßen sie aus dem dichten Nebel. Vorn am Bug sitzen die Hüterinnen in ihre bunten Gewänder gehüllt, geschmückt mit Gold und Edelsteinen. Zur Sommersonnenwende, während Sonne und Mond sich nahestehen, beschwören sie zu Ehren der *Großen Göttin*, der Muttergöttin, die Erdgöttin *Ura*, den Sonnengott *Ut* sowie die Mondgöttin *Nan*. Einzig während dieser Nacht reichen sie Tieropfer zur Besänftigung ihrer Götter, damit in der Welt Einigkeit herrsche, Einigkeit zwischen Himmel und Erde. Das Feuer teilen sie mit den Seelen ihrer Ahnen, deren Vermächtnis sie hüten, die ihnen auf die weite Fahrt aus dem Reich der Toten gefolgt waren. Steht der Mond der Erde wieder nahe, räumen die Hüterinnen ihre Lager und kehren heim in ihr Reich jenseits der See.

Lenas Erzählung erinnert mich an meine Mutter. Als Kind sah ich sie regelmäßig in der Vollmondnacht im Garten hinter unserem Haus sitzen, aufrecht, tief versunken in ihre Meditation. Kurz bevor ich mein Elternhaus verließ, erklärte sie mir, sich den Toten während einer Vollmondnacht besonders nahe zu fühlen. Ihre Seelen, die verweilen auf dem Mond.

Im vergangenen Jahr – lese ich Tage später – gelang einem französischen Forscherteam ein sensationeller Fund auf einer Insel der Orkneys. Verborgen, unter fünf Meter tief in den Erdboden versenkten Steinplatten, legten sie eine fünfzehn Meter lange Kammer frei. In der Kammer entdeckten sie die üblichen Beigaben: Keramik, Speer, Pfeile und Bogen, ein Langmesser. Ein Kriegergrab. Eine Einmaligkeit war eine unversehrte Barke. Anstatt eines Fürsten oder Kriegers bargen die Forscher das Skelett einer Frau. Auf die letzte lange Fahrt begleiteten die Tote Gewänder, Goldschmuck und Edelsteine. Die Sensation aber waren eine Tontafel in Keilschrift und ein Bronzeamulett, versehen mit einem nach unten gerichteten Dreieck, in diesem ein Hakenkreuz aus vor-indoeuropäischer Zeit.

Der Fund stützt die Vermutung, dass etwa Mitte des 3. Jahrtausends v. Chr. ein weibliches Kriegervolk vom Nordmeer her in unregelmäßigen Abständen während der Sommerzeit die schottische Küste heimsuchte. In kleinen Gruppen verteilten sie sich auf das Land, wohl mit der Absicht, ihren weiblichen Nachwuchs zu sichern. Die Vermutung liegt nahe, dass sie die Männer, ob verheiratet oder nicht, mit der Hilfe eines Aphrodisiakums betörten und verführten. Ein Urmutter- und Ahnenkult, gewidmet der Fruchtbarkeit und Wiedergeburt. Er diente der Erinnerung an die Unsterblichkeit und mahnte zur Erhaltung der weisen Seele.

Lena begegnete ich auf einem meiner Streifzüge durch die Stadt. An einem freien Tag Mitte Juni entschied ich mich für einen Besuch in die Kunsthalle. In der Abteilung der Alten Meister sah ich sie vor dem Grabower Altar von Meister Bertram aus dem 14. Jahrhundert sitzen. Sie fertigte eine Skizze von dem Altar in ihre schwarz gebundene Zeichenkladde. Ich scheute mich nicht, mich zu ihr zu setzen. Und als sie wenig später kurz aufsah und mich anlächelte, zögerte ich nicht, sie zu fragen, welchen Zweck sie mit der Skizze verfolge. Sie nehme Abschied, erklärte sie. Den Altar wolle sie in Erinnerung behalten. Den aber, entgegnete ich, könne sie doch jederzeit im Internet betrachten. Sie antwortete, das Internet nicht zu nutzen. Wozu? Vielleicht ein wenig altmodisch, darüber hinaus – so erfuhr ich später – besaß sie weder ein Mobiltelefon noch einen Fernseher. Aus meinem Alltag nicht wegzudenken, ihr jedoch genügte ein Anrufbeantworter. Der Umstand, als stets erreichbar zu gelten, war ihr ein Graus, beraubte sie ihrer kostbaren Momente in Selbstvergessenheit, so wie das Fernsehen sie um ihr unerwartetes Erstaunen beim Anblick einer Besonderheit brachte. Als sie sich dem Abhandenkommen ihres Gespürs für die Außergewöhnlichkeit mancher Ereignisse bewusst wurde, entschied sie, ihre konsumierende Haltung aufzugeben, die ihr die Sehenswürdigkeiten der Welt in ihr Wohnzimmer lieferte. Sie bevorzugte das Reisen, den Besuch von einem Museum oder einem Konzert. Auf diese Weise eroberte sie sich die Momente der Freude an der Einzigartigkeit zurück.

Lena erklärte, Hamburg für eine unbestimmte Zeit zu verlassen. Aus diesem Grund suchte sie die Stationen auf, die während ihrer Zeit in der Stadt von Bedeutung gewesen waren. Die Kunsthalle etwa hatte ihr stets die Möglichkeit geboten, für sich sein zu können. Ihr Ort der Besinnung, ihr Rückzugsort, ihr Möglichsein. Die Wahrscheinlichkeit, dass sie dort jemand gefunden hätte, wäre äußerst gering gewesen. Malerin war sie nicht, das Zeichnen diente ihr einzig der Sammlung, der Kontemplation. Ich bemerkte den Instrumentenkoffer, den sie rechts neben sich auf dem Boden abgestellt hatte. „Eine Laute", erklärte sie. „Bis vor wenigen Tagen studierte ich an der Musikhochschule."

Der Altar von Meister Bertram stand ursprünglich in St. Petri, erzählte Lena. Mein Ururururur-Großvater, Jacob van de Velde, erwähnte in seinem Tagebuch aus dem 19. Jahrhundert, dass der Altar ins Mecklenburgische nach Grabow geschafft wurde. Wegen dieses Umstandes wurde der Altar kein Opfer vom Großen Brand in Hamburg im Jahre 1842. Den Altar könnte Jacob demnach gekannt und – ebenso wie ich – vor ihm gedankenverloren verweilt haben. – Lena lächelte mich an. Ich stockte: ein bezauberndes Lächeln. Sie hatte dunkelblondes, über die Schultern reichendes welliges Haar, trug eine blaue Jeanshose und eine blauweiß gestreifte Bluse. Ich blieb neben ihr sitzen und beobachtete sie einige Minuten aus dem Augenwinkel heraus. Und während ich sie so beim Zeichnen beobachtete, zogen mich ihre innere Ruhe und Anmut, ihr offenbares Einssein in ihren Bann. Ohne eine Erwartung meinte ich mich, in ihrer Gesellschaft wie angekommen zu fühlen, fand mich in der Stimmung, als kehrte ich heim. – „Du zeichnest nicht?" fragte Lena. „Nein", entgegnete ich und hatte mir einzugestehen, nicht über ihre Fertigkeiten zu verfügen. „Hast du es versucht?" fragte sie weiter. „Ich fürchte", antwortete ich, „dass mir der kleinste Versuch bereits misslingen wird", und lachte.

Ich blieb noch einige Minuten neben Lena sitzen, bevor ich meine Besichtigung fortsetzte. Ihre Arbeit unterbrach sie wegen mir nicht. – „Bis später", verabschiedete ich mich mit einem knappen Nicken. Lena lächelte und hob kurz ihre Hand zum Gruß.

Ich saß bei den Künstlern der Romantik, als Lena plötzlich neben mir stand. Sie stellte ihr Instrument neben die Bank und setze sich zu mir. – „Caspar David Friedrich", sagte sie, „ein ganz Großer seiner Zeit. Das Eismeer. Der Wanderer über dem Nebelmeer. Großartige Bilder. Einsamkeit, die Erhabenheit der Natur, das Schicksal und das notwendige Scheitern des Einzelnen. – Ich möchte heute noch an die Elbe, zum Hafen. Das Wetter ist phantastisch. Begleitest du mich? Ich müsste nur kurz meine Tasche und das Instrument nach Hause bringen. Wir könnten dann gleich starten." – Erwartungsvoll sah sie mich an. Zu überlegen brauchte ich nicht.

Wenig später überquerten wir die Kennedybrücke. Plaudernd gingen wir den Fußweg an der Außenalster entlang, vorbei am amerikanischen Generalkonsulat, dem Gelände der Musikhochschule, sahen in die Schaufenster im Mittelweg, bis sie schließlich die Gartenpforte zu einer Stadtvilla in der Heimhuder Straße öffnete. Ich zeigte mich überrascht. Von der Diele aus warf ich einen schüchternen Blick in das helle Wohnzimmer, während Lena ihr Instrument wegstellte. Hohe Fenster gewährten mir die Aussicht in einen gepflegten Garten hinter dem Haus. In dem geräumigen Zimmer hingen ein Gemälde, Kohlezeichnungen sowie ein Kupferstich. Gegenüber einer hellen, niedrigen Sofalandschaft stand neben einem Flügel ein Cembalo, ein ziemlich altes, historisches Instrument, wie ich vermutete. – „Das Haus gehörte ursprünglich meinen Großeltern", erklärte Lena wenig später, als wir unseren Weg fortsetzten. „Heute gehört es meinen Eltern. Die aber wohnen in Nienstedten. Aus diesem Grund wohne ich allein in dem Haus." – Ich zeigte mich etwas schockiert, war überwältigt. Wer erwartet, eine 25jährige wohne unter solch Bedingungen? Bis heute vermag ich kein Urteil darüber zu fällen, geschweige, sie aufgrund ihrer Herkunft zu ächten, wuchs ich selbst in einem großen Haus mit einem weitläufigen Garten auf.

Lena: eine Tochter aus gutem Hause. Ich schnupperte hanseatische Luft. – Um die Vertrautheit nicht zu stören, die von Beginn an zwischen uns herrschte, sagte ich nichts. Lena war im Begriff, Abschied zu nehmen. Und ich? Ich beabsichtigte nicht, mit Rücksicht auf meine Neugier wie sich der Tag entwickeln würde, der abenteuerlichen Unternehmung ihren Reiz zu stehlen. Ich blieb gespannt, ich amüsierte mich.

Auf dem Weg zur Elbe entwickelte sich zwischen uns recht schnell ein offenes Gespräch, ganz als kennten wir uns von jeher. Am Dammtor stiegen wir in die S-Bahn und fuhren über Altona nach Blankenese. Dort stiegen wir durch das Treppenviertel zum Elbstrand hinab und liefen den Strandweg entlang bis zum Fähranleger Teufelsbrück. Lena erzählte mir von ihrem Studium, Geschichten aus ihrer Schulzeit, berichtete von ihrem Bruder, der in London studiert hatte, dort wohnt und für das Auktionshaus ihres Onkels tätig ist. Sie berichtete von ihrer Mutter, die ihre freie Zeit gern in Paris verbringt, und ihrem Vater, der seine Filialen als Juwelier in New York, Singapur und Peking verwaltet, der die vergangenen Jahre mehr auf Geschäftsreise als in Hamburg gewesen war. Ich gewann den Eindruck, als lebe die gesamte Familie auf die Erde verteilt und fühle sich überall sesshaft, als seien sie Vertreter einer Art Weltbürgertums.

Seit mehr als zwei Jahren, bald drei Jahre, lebe ich in Hamburg. Im Sommer nach meinem Abitur brach ich in die Großstadt auf, um meine dreijährige Lehre zum Tischler zu beginnen. Ich bereue nicht einen Tag, in die Stadt, in den Norden gezogen zu sein. Die Begegnung mit Lena, einer Fremden, ist von besonderer Art, die ich festhalten will.

Erhaben war der Moment, als der Zug aus Richtung Süden langsam über die Elbbrücken rollte, nach Hamburg hinein. Zum ersten Mal blickte ich auf die Türme der Stadt: St. Katharinen, St. Jacobi, St. Petri, das Rathaus, der Michel, das Wahrzeichen der Freien und Hansestadt, der Fernsehturm. Ein Kindheitswunsch erfüllte sich. Ein Kribbeln lief meinen Rücken hinab, ich fühlte mich am Ziel. Freiheit: begriffen als das Freisein von. Das Tor zur Welt stand weit geöffnet, dahinter wähnte ich den Raum zu meinem Möglichsein. Und auch später, sobald ich in die Stadt zurückkehrte, suchte mich das Gefühl heim. Es handelt sich um das Freifühlen von nicht gewollten Übereinkünften, stillschweigend akzeptierten Bedingungen und Regeln, denen ich nicht fraglos zustimmen mag, aber auch die Freude, Einfluss auf meine eigene Zukunft auszuüben, meine Entscheidungen aus eigener Überzeugung treffen zu können und meine Gegenwart meinen Wünschen entsprechend zu gestalten. Hamburg in seiner Vielfalt bietet all jenen Aussätzigen eine Heimstatt, die sich als geächtet empfunden in ihre Subkultur flüchten. Sie tauchen ab, um ihresgleichen aufzuspüren und um zu einem späteren Zeitpunkt ihre Gegenwart für gut befinden zu können.

Über die Elbe verlassen die Schiffe gen Westen den Hafen auf ihrem Weg in die gesamte Welt. Ich fühlte mich als Reisender, auf dem Weg, auf Durchreise, ein Wanderer. Einen Rucksack und eine Sporttasche, gefüllt mit wenigen persönlichen Erinnerungen, überwiegend mit Kleidung und Kosmetika vollgestopft, meine Ersparnisse jederzeit verfügbar auf der Bank, mehr hatte ich für meine Zukunft nicht für notwendig erachtet. Dinge, die ich nicht benötigte, Erinnerungen an meine Kindheit und mein Aufwachsen, verstaute ich in Kisten und lagerte diese mit dem Einverständnis meiner Eltern auf dem Dachboden. Ein erstes Mal fuhr ich mit der U-Bahn über den Viadukt der Hochbahn. Die Strecke führte vom Rödingsmarkt zu den St. Pauli Landungsbrücken ein Stück am Hafenrand entlang. Begeistert blickte ich auf die Fähren, die Kräne und Lagerhallen, die zahlreichen Boote und Barkassen, das bunte Treiben auf dem Strom. Ich war froh, endlich in der Stadt angekommen zu sein. Am Nachmittag bereits saß ich zum ersten Mal als Gast im Café Comunità, einem kleinen Café am Eck, wenige Schritte von der Hafenstraße und dem Elbhang entfernt.

Durch Zufall entdeckte ich das Café während meines ersten Streifzugs durch das Viertel. Da vor dem Lokal kein Stuhl frei war, verkroch ich mich im Innern an einen Tisch in die Ecke, las die Tageszeitung und genoss das Fürmichsein. Wenige Tage später erregte abends eine Gruppe am Tresen meine Aufmerksamkeit, eine eingeschworene Gemeinschaft: Michael und Franziska, Toni, Thomas und Martin. Johanna kümmerte sich um die Bewirtung. – „Ja sag einmal", sprach mich Michael an, als ich mir ein weiteres Bier am Tresen bestellte. „Was sitzt du da in der Ecke und verkriechst dich hinter der dummen Zeitung?" Er rückte den Stuhl zu seiner Linken zurecht. „Möchtest du dich zu uns setzen? Ist doch bestimmt lustiger, als da so alleine rum zu hocken." – Die anderen drehten neugierig die Köpfe, ich schätzte sie um die dreißig. Als ich mich setzte, fuhren sie mit ihren Gesprächen fort. Johanna stellte das Bier freundlich lächelnd vor mir ab. Alle waren sie freundlich, Freunde, eigentlich vom ersten Abend an. – „Woher kommst du?" „Wo wohnst du?" „Ich bin Michael, das ist Franziska." „Mein Name ist Jan." – „Ach, du bist neu in der Stadt." „Vor wenigen Tagen erst eingetroffen."

Ich hatte Glück: Wenige Tage später bot mir Thomas eine kleine möblierte Dachgeschosswohnung in der Wincklerstraße an. *Für Gäste.* Seinem Vater gehörte das Haus. Auf der Suche nach einer Unterkunft hatte ich bis dahin in einer günstigen Pension übernachtet. Und da ich nicht die Absicht hegte, mich dauerhaft in Hamburg einzurichten, genügte mir vorerst eine möblierte Wohnung, ein Baumhaus unter dem Dach.

Wir hatten in der Schule darüber gesprochen, untereinander diskutiert: Aussteigen. Zunächst konnte ich mir nicht vorstellen, einen Rucksack mit dem Notwendigsten zu packen und in die Welt zu ziehen. Mit der Zeit aber freundete ich mich mehr und mehr mit dem Gedanken an, mich auch mit Gelegenheitsarbeiten über Wasser zu halten und von Land zu Land zu reisen. Einige meiner Mitschüler lachten über mich, andere wiederum bewunderten meinen Mut und meine Entschlossenheit.

Mein Vater stellte mir ein Studium zum Bauingenieur, Statiker oder Architekten in Aussicht. Ganz wie ich es wollte. Ich lehnte sein Angebot ab, stattdessen weihte ich ihn in meine Pläne ein. Ich beabsichtigte, meinen eigenen Weg zu gehen, meine eigenen unabhängigen Erfahrungen zu sammeln. Ich entschied mich für ein Handwerk, das ich auf der gesamten Welt würde ausüben können, mit dem für das Notwendigste genügend Geld zu erwirtschaften sein würde. Ein Tischler, stellte ich mir vor, darf sich überall willkommen heißen. Zu meiner Überraschung respektierte mein Vater meine Entscheidung. Wohin mich mein Weg auch führen würde, er bot an, das Geld für ein Studium an mich auszuzahlen oder gewinnbringend anzulegen. Ich war einverstanden. Von dem Geld aber wollte ich zunächst nichts wissen. Während der vergangenen Jahre hatte ich bereits in der Baufirma meines Vaters gearbeitet und eine ganze Menge Geld gespart. Während der folgenden Jahre verdiente ich zusätzlich Geld mit Schwarzarbeiten an den Wochenenden. Außerdem gelang es mir, die Höhe der Miete für die Wohnung zu mindern, indem ich mich für Hausmeistertätigkeiten und kleinere Reparaturen anbot. Mit dem Abschluss meiner Lehre würde ich genügend

Geld besitzen, meine Reise für einige Jahre fortzusetzen.

Im August begann ich meine Lehre bei einem Tischler, auf den mein Vater mich aufmerksam gemacht und mit dem er vor vielen Jahren selbst zusammengearbeitet hatte. Die Werkstatt befand sich in einem Hinterhof Kohlhöfen, am Großneumarkt in der nördlichen Neustadt, keine zehn Minuten zu Fuß von meinem neuen Zuhause entfernt. Einige Wochen später verkehrte ich im Café Comunità regelmäßig. Ob am Nachmittag oder auch bis in die frühen Morgenstunden, für mich als Neuankömmling aus einer Kleinstadt in Niedersachsen war die Atmosphäre in dem Café eine besondere Erfahrung. Seit Jahren versammelte sich in regelmäßigen Abständen – vornehmlich am ersten Sonntag im Monat – der eingeschworene Freundeskreis zu einem gemeinsamen Abendessen. Am Abend vor Heiligabend lud mich Michael zum ersten Mal ein. Die Freunde hatten entschieden, mich in ihrer Mitte begrüßen zu wollen.

Lena und ich setzten unseren Weg schwatzend an der Elbe entlang in Richtung Övelgönne fort. Sie erzählte mir Episoden aus ihrer jüngsten Vergangenheit, von ihrem Ziel, ihr Studium an der Juilliard School in New York oder auch an der Eastman School of Music in Rochester in naher Zukunft zu vertiefen. Sie schilderte die Rahmenbedingungen ihrer Kindheit und gewährte einen kleinen Einblick in die Geschichte ihrer seit vielen Jahren in Hamburg ansässigen Familie. Aufgewachsen in einer herrschaftlichen Villa mit Kiesauffahrt und einem weitläufigen Garten, Kindermädchen, Hausangestellten, Gärtner und Privatlehrern mangelte es Lena an nichts. Zwar gestatteten ihre Eltern den Besuch einer öffentlichen Schule, dem Gymnasium, darüber hinaus beaufsichtigte jedoch ein Hauslehrer am Nachmittag ihre Hausaufgaben, bestellten die Eltern Professoren der Musikhochschule ins Haus und statteten ihre Tochter mit der denkbar besten Ausbildung aus. Die Aufnahmeprüfung an der Musikhochschule zu bestehen, war mehr eine Selbstverständlichkeit als eine Hürde. Reisen innerhalb Europas, nach Italien, Spanien oder Frankreich zählten seit der frühen Kindheit zu ihren Gewohnheiten. Reisen nach Übersee blieben ebenso keine Ausnahme. Lenas Weigerung, ein englisches Internat zu besuchen, zeigte keine Wirkung. Ihren Schulabschluss absolvierte sie in der französischen Schweiz.

Bei den van de Veldes handelt es sich um alteingesessene Kaufmannsfamilie. Die Vorfahren von Jacob van de Velde stammten ursprünglich aus Gent. Ein gewisser Pieter, ein Calvinist, siedelte während der zweiten Hälfte des 16. Jahrhunderts wegen der religiösen Unruhen nach Hamburg über. Zunächst ließ er sich in Altona nieder, besuchte dort die Kirche, bis er schließlich, inzwischen wohlhabend, zum lutherischen Glauben wechselte und damit einhergehend das Bürgerrecht in Hamburg erwarb. Einen ersten Rückschlag ereilte die Familie während des Großen Brands in Hamburg, als Jacobs Haus und Speicher niederbrannten. Das zweite schwerwiegende Ereignis war die Machtergreifung durch die Nationalsozialisten, wegen der ein Teil der Familie gezwungen war, ihren Besitz außer Landes zu schaffen. Gold und wertvolle Kunstgegenstände, Bargeld, Schmuck und Gemälde, das Porzellan wurden entweder in die Schweiz geschafft oder nach England verschifft. Lenas Großonkel gründete nach seiner Flucht in London ein Auktionshaus, das sich bis heute im Besitz der Familie befindet. Gegenwärtig verdient die weitverzweigte Familie ihr Geld als Juweliere, mit dem Handel von Edelmetallen, Edelsteinen, Gewürzen und Rohstoffen. Sie besitzt Auktionshäuser in London, Paris und New York.

Je tiefer ich in die Familiengeschichte einsteige, desto mehr begreife ich, dass die Familie van de Velde an jedem bedeutenden Handelsplatz der Welt auf irgendeine Weise niedergelassen ist. Folge ich den Spuren der Familie bis Gent, organisieren sich zu dem klassischen Kerngeschäft inzwischen einige private Bankhäuser sowie der Wertpapierhandel, dass der Eindruck nahe liegt, es handle sich um eine einflussreiche Familiendynastie, die mehr im Verborgenen agiert, als sich in der Öffentlichkeit ihrer Macht und ihres Reichtums zu rühmen. Umso mehr beschäftigt mich die Frage, warum Lena ihre Zeit ausgerechnet meiner Gesellschaft widmete. Welche Gründe sie dazu bewegten, meine ich sie mir in Vielem weit überlegen. Ein anderer, meine ich, ein Mann ihrer Herkunft und ihrem Stande entsprechend hätte eher an ihrer Seite gehen und für Unterhaltung sorgen sollen.

„Warum erzählst du mir das alles?" fragte ich Lena. Erstaunt sah sie mich an. „Ich nehme Abschied", erklärte sie. Es klang wie ein Geständnis. „Die eine oder andere Erinnerung möchte ich zurücklassen. Bei dir glaube ich sie gut verwahrt." – „Du siehst", fuhr Lena fort, „mein Werdegang war von Beginn an geplant, meine Entwicklung so gut wie vorherbestimmt. Ich verfügte über kein Schicksal, nicht die Spur einer Natürlichkeit. Du musst dir das so vorstellen! Nichts überließ meine Mutter dem Zufall. Ihr einziges Interesse bestand darin, die Tradition fortzuführen und zu schützen. Ginge es nach dem Willen meiner Mutter, wäre ich bereits verheiratet, sesshaft, nicht adlig, wie auch der Opportunismus meiner Familie fremd ist. Wir sind Kaufleute, Händler, wir sind stolz auf unsere Unabhängigkeit, aus der Politik halten wir uns, so gut es geht, heraus. Wir üben Einfluss auf die Entwicklung aus, nicht anders herum, und Geld als Mittel, das beschleunigt das ein oder andere Geschäft. – Ich müsste meiner Mutter dankbar sein. Noch regt sich aber Widerstand. Ich mag ihr nicht zustimmen, stattdessen will ich wandern, frei sein, erleben, lieben. Meine Laute scheint mir hierfür wie auf den Leib geschneidert."

Wandern, frei sein, Hamburg und sein Hafen. Sitze ich morgens auf meinem kleinen Balkon, sehe ich an manch Tagen die Flugzeuge über der Elbe im Landeanflug in die Stadt. Das ein oder andere Nebelhorn weckt mein Fernweh. Lena und ich stiegen am Anleger Övelgönne auf die Fähre, die die St. Pauli Landungsbrücken ansteuern würde. Wir setzten uns auf das Sonnendeck und ließen uns für die nächste halbe Stunde den kühlen Wind um die Ohren wehen, der einsetzt, sobald das Schiff auf den Strom hinausfährt. Heimlich, aus dem Augenwinkel beobachtete ich Lena, die die Augen schloss und ihre Nase zufrieden der Sonne entgegen streckte. Der Wind spielte mit ihrem feinen, dünnen Haar.

„Du wirst lachen", erklärte sie: „Mein erster Ausflug in New York soll eine Fahrt mit der Staten Island Ferry sein. Ich will auf die Freiheitsstatue steigen, sie mit meinen Händen berühren, dort meine Nase in den Wind strecken und die Aussicht auf die Skyline von Manhattan genießen." – Ich stellte mir vor, wie das wohl wäre, gemeinsam mit Lena, in New York, an einem sonnigen Tag wie diesem: In der U-Bahn sitzen wir sanft aneinandergeschmiegt nebeneinander, halten uns an den Händen und warten geduldig, bis das Ruckeln der Bahn schließlich stoppt. Zu Fuß schieben wir uns rücksichtsvoll durch die Menschenmenge die Stufen aus der U-Bahn hinauf, gehen die kurze Strecke zum Fähranleger, umsichtig, niemanden zu stoßen. Auf der Fähre ergattern wir einen Platz in der

Sonne, beugen uns mit ausgebreiteten Armen über die Reling und blicken erwartungsvoll auf den Strom hinaus. – Phantasien solcher Art knüpfen das Band. Die Zuversicht einer Zukunft in Gemeinsamkeit spannte den dünnen Faden zu einem Menschen, den in mein Herz zu schließen ich mich wagte. Ein kurzer Moment in Unbedachtheit bemächtigte sich meines Willens, meines Seinwollens, ohne Wenn und Aber.

In der Ditmar-Koel-Straße, im Portugiesenviertel nahe den St. Pauli Landungsbrücken, entschieden wir uns für ein spanisches Restaurant. Wir aßen angrenzend zur Straße im Freien, bestellten Tapas und Wein, quatschten fröhlich weiter, bis wir nach zwei weiteren Flaschen gegen acht Uhr überrascht feststellten, dass die übrige Zeit vom Tage wie im Fluge an uns vorübergezogen war. Übermütig lud ich Lena auf eine letzte Flasche zu mir in meine Wohnung ein. – „Gerne", willigte sie ein. „Zum Essen aber lade ich dich ein. Als Dankeschön für diesen wundervollen Nachmittag." – Wir einigten uns darauf, über das Maß getrunken zu haben. Lena kicherte, laut lachend brachen wir auf.

Lena folgte mir in meine kleine Wohnung unters Dach. – „Hübsch", merkte sie an, warf einen kurzen Blick in die kleine Küche und das schmale Badezimmer, bevor sie die Balkontür öffnete und sich auf einen von den zwei Stühlen ins Freie setzte. „Dein Baumhaus also?" fragte sie und sah mich erwartungsvoll an. Ich nickte. – Ich ließ sie kurz allein, ging in die Küche, nahm zwei Gläser aus dem Schrank und öffnete eine Flasche Wein. Ich setzte mich zu ihr, schenkte ein, und gemeinsam sahen wir in die Tiefe auf die Straße.

„Ein Reisender", bemerkte sie. Ich stutzte. Fragend sah ich sie an. „Ich sagte: Du bist ein Reisender", entgegnete sie mit Nachdruck. „Deine Wohnung ist möbliert, du besitzt kaum Bücher oder CDs. Du wärest in der Lage, all deine Habseligkeiten in einem Rucksack zu verstauen, eine Sporttasche zu packen und deine Reise fortzusetzen. Richtig?" fragte sie. „Genau so soll es sein", antwortete ich. „Auf Durchreise. Im nächsten Jahr, nach Abschluss meiner Ausbildung will ich auf große Fahrt gehen, in die Welt hinaus." „Es gibt Momente in meinem Leben, da fühle ich mich auch auf Durchreise", erklärte Lena wenig später, „aber anders. Gleich einer Besucherin, ein Gast in dieser Welt." „Eine Fremde?" fragte ich. „Zu manch Zeit, an manchem Ort, bestimmt", antwortete sie und lächelte, als hätte ich sie ertappt.

Mit dem Untergehen der Sonne gewannen wir freie Sicht in die gegenüberliegenden Wohnungen. Nach und nach wurde das Licht eingeschaltet. Über dem Hafen ging der Mond auf. Vollmondnacht. Sein Schein legte sich fahl auf Lenas Gesicht. Wir saßen im Dunkeln. Wortlos, in Schweigen gehüllt, beobachteten wir die Ereignisse in den Räumen auf der anderen Seite der Straße, wo Menschen ihren Gewohnheiten nachhingen.

„Bewege ich mich in der Öffentlichkeit", erzählte Lena, „in der Innenstadt, am Hauptbahnhof oder in einem Park, fühlt es sich an manch Tagen an, als würde ich durch ein Museum, eine Ausstellung oder Gemäldegalerie schreiten. Nüchtern, beinahe teilnahmslos betrachte ich das Handeln der Menschen, stehe abseits. Die Tageszeitung lese ich gleich einer Chronik, ganz als sei die Gegenwart bereits Geschichte. Grundsätzlich mangelt es mir nicht an Anteilnahme oder Mitgefühl, an solch Tagen aber fühlt sich mein Körper taub an. Kein Band bindet mich an diese Welt. Dann wiederum befällt mich das Mitleid." – Lena erzählte mir von ihren Reisen: Rom, Paris, Mailand und Madrid. Von ihrem Besuch der Uffizien und dem Louvre, ihrem Wunsch nach Belgien zu reisen, um sich dort den Genter Altar in der Kathedrale St. Bavo anzusehen.

Ich stand auf, eine Kerze zu holen. Als ich auf den Balkon zurückkehrte, saß Lena über ihr Skizzenbuch gebeugt. Sie sah kurz auf, blickte konzentriert in ein Wohnzimmer, in dem eine junge blonde Frau, um die dreißig Jahre alt, hübsch anzusehen, allein, auf dem Sofa vor dem Fernseher saß. Das Licht flackerte bläulich auf. Regungslos verharrte diese und blickte starr vor sich auf die Bilder aus dem Elektrogerät. Lena zeichnete mit ruhiger Hand. Schweigsam beobachtete ich sie, folgte den Bewegungen ihrer Hand, dem Kohlestift, wie dieser über das leere Blatt Papier glitt und die offenbare Gleichgültigkeit dieses Moments der

Gegenwart aus der Hand nahm und der Zukunft, der Geschichte übereignete. Wie aus dem Nichts schuf Lena ein Stück Wirklichkeit, das ohne ihr Zutun nie zustande gekommen wäre. Für einen Moment hinterließ sie auf mich den Eindruck, als weile sie in einer anderen, zweiten Welt. Es schien, als sei sie aus der Wirklichkeit gestiegen in eine Parallelwelt, eine vierte Dimension, jenseits der Gewöhnlichkeit, abseits allgemein geltender Normen, und sprach kein Wort.

„Was tust du?" fragte ich wenig später. „Ich skizziere", erklärte sie. „Ich halte Momente fest, wie andere Menschen Tagebuch schreiben. Intime Einsichten dieser Art faszinieren mich. Menschen in Situationen zu begegnen, in denen sie sich unbeobachtet fühlen. Ich betrachte ein Stück Wahrhaftigkeit, ihre Nacktheit, einen Hauch von Übereinstimmung mit dem Ausdruck ihrer Seele, unverstellt, bald authentisch. Komm!" forderte Lena mich auf. „Rück deinen Stuhl zu mir heran! Ich möchte dir etwas zeigen." – Lena legte mir ihr Skizzenbuch auf den Schoß. Sie blätterte einige Seiten zurück und schlug eine Zeichnung auf, die einen Mann in einem Wartesaal darstellte, im Hauptbahnhof. Ein Mann mittleren Alters, um die Vierzig. Er hatte kurz geschnittenes Haar, saß vornübergebeugt in einen dunkelgrauen Mantel gehüllt, seine Hände stützten seinen Kopf. – „Ein Wartender", erklärte Lena. „Er grübelt, scheint verzweifelt. Das Verweilen in Ungewissheit, ein wahrhafter Moment. Ist er gerade angekommen? Befindet er sich auf dem

Sprung? Ob er sich heimwärts richtet?" Lena wandte sich mir zu: Fragend sah sie mir in die Augen. – „Ich weiß das nicht", antwortete ich mit einem Achselzucken. „Wie kann ich das wissen? Ich müsste ihn fragen. Er ist der Einzige, der diese Frage hinreichend beantworten könnte. Ich selbst bin zu mutmaßen verdammt." Lena lächelte zufrieden. Sie blätterte weiter und zeigte mir weitere Skizzen: eine Schneiderin, ein Tischler, ein Kommilitone am Klavier, ein Gärtner im Rosengarten, ein malendes Kind. Menschen, die in Selbstvergessenheit tätig waren. Dann hingegen ein Mann mittleren Alters am Strand. Er saß inmitten der Natur und las vertieft in einem Buch. – „Ist er der Frage auf der Spur, sein Leben zu wählen?" fragte Lena. „Was meinst du?" – In keinen Menschen sieht man hinein, dachte ich. Nie kann ich mir sicher sein, was mein Gegenüber tatsächlich denkt oder fühlt. – „Ich weiß es nicht", antwortete ich. „Die Seele von einem Menschen ist sehr kompliziert, tiefgründig, verschlungen." „Und dieser?" fragte sie, blätterte weiter und zeigte mir ein Bild, das einen jungen Mann zeigte: Er saß allein in einem Café am Tresen. Er rauchte, trank Bier, hockte dort und starrte versunken in sich und seine Gedanken vor sich in die Leere. Verwundert sah ich auf, blickte in Lenas dunkle Augen, diesen Jungen, den kannte ich. Gezeichnet von der Straße aus durch das Fenster hindurch, im Frühjahr oder Sommer, vor dem Lokal stehen noch die Tische und Stühle vom Tage. – „Er ist allein", erklärte ich. „Er fühlt sich aber nicht allein. Da ist nur niemand, der zuhause auf ihn warten könnte." „Was meinst Du? Worüber denkt er nach?" „Er plant seine Zukunft, er denkt über seine nächsten Schritte nach. – Wann hast du das Bild gezeichnet?" fragte ich Lena. „Vor wenigen Wochen", antwortete sie. „Ich habe nichts bemerkt." „Ich weiß." Lena schmunzelte. „Ich saß vor dem Café auf dem Platz, beobachtete dich eine ganze Weile. Du warst aber zu vertieft, mir deine Aufmerksamkeit zu schenken." Ich erschrak. „Und das Treffen heute?" fragte ich. „Ein Zufall", versicherte sie mir. „Sicher?" hakte ich nach. „Wie hätte ich wissen können, dass du heute die Kunsthalle besuchen würdest? Du überraschtest mich heute dort."

Lena lehnte sich zurück. Sie klappte das Skizzenbuch zu und lächelte mich an. – „Und du?" fragte ich. „Ich?" entgegnete sie. – Lena zog beide Augenbrauen hoch. Sie wandte ihr Gesicht von mir ab und blickte in die Nacht. „Ich lebe im Transit. Ich befinde mich auf der Durchreise, im Niemandsland. Zwischen die Fronten geraten, reise ich von Station zu Station. Heimatlos, getrieben, ohne eine Verbindung zu mir, fern meiner Familie, auf dem Weg, mich nicht nur als Einheit zu begreifen, sondern auch als Einheit zu empfinden." – Wir saßen dicht nebeneinander. Als ich Lena tief in ihre Augen sah, ganz als ob ich auf diese Weise dort auf den Grund ihres Denkens blicken werde, herrschte für einen Moment Sprachlosigkeit. Behutsam legte sie ihren rechten Arm um meine Schultern.

Sie vergewisserte sich kurz meines Einverständnisses, ob ich aufgrund ihrer nicht zu erwartenden Nähe zurückschrecken würde, und beugte sich zu mir rüber. Sanft küsste sie mich auf den Mund, streifte mit ihren Lippen Wange und Hals. Mir stockte der Atem. Ich schloss meine Augen und ließ sie gewähren. Es dauerte nur wenige Minuten, bis unsere Hände unter die Kleidung glitten, sie Besitz vom anderen ergriffen. Lena zog mich hoch und schob mich ins Zimmer in Richtung Bett. Wir sprachen nicht mehr, wir klammerten uns aneinander, wir verhüteten nicht. Lenas Verführung war forsch, wüst, ich fühlte mich wie betäubt. Zu denken fühlte ich mich noch viel weniger fähig.

Ich erschrak wenig später: Dort sah ich es baumeln. Lena bäumte sich im Halbdunkel über mir auf, sie streckte sich, tief drang ich in sie ein. Sie beugte sich zu mir vor, griff meine Handgelenke, streckte meine Arme nach hinten und stütze sich mit ihren durchgestreckten Armen auf meinen ab. Zwischen ihren Brüsten, direkt vor meinen Augen, schaukelte ein grob gearbeitetes, bronzefarbenes Amulett. Ein nach unten gerichtetes Dreieck, in dem Dreieck: ein Hakenkreuz. Ich erschrak. Mich durchfuhr der Schreck, einer faschistisch denkenden Frau zum Opfer gefallen zu sein. Ihr Ritt aber schnürte mir die Kehle zu. Ich fühlte mich ans Bett gefesselt, kräftig drückte sie mich in die Matratze. Wie im Traum war ich mir sicher, dass meine Schreie ungehört in der Dunkelheit verhallen, dass niemand mich hören würde. Lena bestimmte, wann der Zeitpunkt gekommen sein, bis ihre Glieder erschlaffen und sie lustvoll über mir zusammenbrechen würde.

Bis heute hatte ich mich keiner Frau in dieser Form hingegeben gefühlt. Vergleichbar einer Göttergabe fühlte ich mich auf einem Opferstein mit Göttlichem vereint. Lena lachte, als ich sie nach der Bedeutung des Symbols fragte und ich ihr meine Befürchtung offenbarte. Wir lagen unter der Decke, nah aneinander gekuschelt. Ich hielt sie einen Arm um ihre Schultern gelegt eng an mich gedrückt und streichelte über ihren Rücken. – „Nein", erklärte sie, „ganz bestimmt nicht. Ich bin wirklich alles andere als eine Faschistin." Amüsiert sah sie mich an. Das Amulett sei uralt, ein Geschenk ihrer Großmutter, erklärte sie. Ihre Großmutter sei es auch gewesen, die ihr Interesse für die schottische wie auch das für die irische Kultur geweckt habe. Ihre Vorliebe für die Musik der Renaissance wie auch die der irischen Volksmusik verdanke sie ihr ebenso.

Ich muss kurze Zeit später eingeschlafen sein. Ich erinnere noch, Lena im Arm gehalten zu haben, das Glück, das ich in ihrer Gegenwart empfand, die Vollkommenheit, die mich ausfüllte. Als ich aufwachte, war es bereits hell. Ich schrak auf, sah in den blauen Himmel, ich suchte vergebens. Lena hatte die Wohnung bereits verlassen. Auf dem Tisch fand ich ihre

Skizze, ein Blatt Papier für meine Ewigkeit, auf dem Balkon standen die leere Flasche Wein, die Gläser und heruntergebrannten Kerzen. Benommen setzte ich mich auf den Balkon. Ich sah in die Tiefe, hinunter auf die Straße und wühlte in meiner Erinnerung, um mir jedes Detail dieser wundersamen Begegnung in mein Bewusstsein zurückzurufen und dort zu konservieren.

Meine Erfahrungen mit Frauen sind eher dürftig. Ich war noch keine sechzehn Jahre alt, als ich den Entschluss fasste, nach meiner Ausbildung auf große Fahrt zu gehen. Früh erklärte ich aus Rücksicht den Frauen gegenüber, die ich kennenlernte, gleich einer Warnung, sich nicht zu eng an mich zu binden. Auf diese Weise, meinte ich, würde die Trennung mit weniger Schmerzen vonstattengehen. Bis heute führte ich nicht eine längere Beziehung. Mehr als nur einmal hörte ich die Begründung, dass eine Beziehung ohne eine gemeinsame Zukunft nicht ernsthaft in Erwägung zu ziehen sei. Umso überraschter war ich, dass meine Welt sich in Bewegung setzte und zu schwanken drohte.

Seit meiner Ankunft in Hamburg hatte ich mir selbst genügt. Die Stadt hatte ich auf meine Art erkundet. Gewissenhaft absolvierte ich meine Ausbildung. Meine freie Zeit nutzte ich für Spaziergänge, ging ins Kino oder besuchte Konzerte in der Musikhalle. Mit Vorliebe vertrödelte ich meine Zeit im Café Comunità. Ich zähle nicht zu den Menschen, die die Gesellschaft anderer Menschen unbedingt benötigen. Verbindlichkeit widerstrebt mir. Einsam aber hatte ich mich nie gefühlt. Was also veranlasste Lena, mir Einsamkeit in Rechnung zu stellen?

Ich nahm die Skizze und erinnerte mich an diejenige, die mich am Tresen im Comunità darstellt. Lena – so meinte ich – reihe mich in die Schlange der Wartenden, Verzweifelten oder vielleicht auch Flüchtenden ein. Menschen, denen es an Freude mangelt, an Fröhlichkeit. „Keiner dieser Menschen spricht", hatte sie erklärt. „Es scheint, als würde es ihnen an Worten mangeln." Ich spürte das Bedürfnis, ihr zu widersprechen, mich ihr gegenüber zu erklären, Lena aber war fort. Unwiderruflich, abgereist. Ich fühlte mich betrogen, verraten. Niedergeschlagen sah ich mich an einer Bushaltestelle zurückgelassen im Regen sitzen; der Bus, der mich hätte mitnehmen können, war vor kurzem abgefahren.

Am Nachmittag im Comunità wagte ich den Versuch einer Interpretation. Ich bildete mir ein: Lena und ich sitzen im Café nebeneinander in der Ecke auf der lederbezogenen Bank. Aufmerksam hört sie mir zu, sieht mich fortwährend an und trinkt amüsiert ihren Kaffee. – „Einige deiner Bilder", erkläre ich, „kennzeichnen die Einsamkeit. Die Abwesenheit seelischer Ausgelassenheit und Fröhlichkeit. Für einen Moment herrscht das Grübeln, das Scheitern im Versuch eines Einzelnen, seine Niedergeschlagenheit und Ernüchterung." „Dort, wo das Schweigen herrscht", erläutert

Lena, „tritt die Ohnmacht zutage. Verzweiflung und Fassungslosigkeit. Dem Einzelnen bleibt die Suche nach etwas, das da etwa ist. Eine Ahnung. In einigen Bildern schwingt Offenheit, das Offene, das noch zu Offenbarende, das, das sein könnte, das noch nicht ist, keine Entschlossenheit. – Menschen scheitern. Jede Überzeugung, die keinen Widerspruch duldet, ist von Beginn an dem Scheitern ausgesetzt. Das Allgemeine erstickt die Besonderheit, die Verallgemeinerung schlägt die Tür zum Raum der Möglichkeit zu. Die Einzigartigkeit preisgebend, erstickt sie Offenheit sowie Aufgeschlossenheit. Kaum etwas ist dem Menschen, dem Individuum jedoch mehr zu eigen als seine Unterschiedlichkeit."

Seit einigen Jahren, erzählte Lena am Abend zuvor, berühren mich neben weiteren die Motive der Einsamkeit und Fremdheit, die Suche. Die Verzweiflung aber vermag ich nicht mit wenigen Worten auszudrücken, ebenso wie es mir nicht gelingt, Begriffe wie Liebe, Gerechtigkeit, das Gute oder Schöne mit wenigen Worten zu beschreiben. Das Schweigen zu zeichnen, gelingt mir besser. Aber so wie es mir nie gelingen wird, die Welt in eine Form zu pressen, ebenso wird es mir nie gelingen, einen Menschen zufriedenstellend darzustellen. Ich erhasche lediglich Bruchstücke, Fragmente, den Alltag als Stückwerk. Meine Zeichnungen schulden Antworten. Das ist der Mangel, das Ausbleiben der Gewissheit als eine existentielle Notwendigkeit.

Nur zu gern hätte ich mit Lena weitere Gespräche auf vergleichbare Art geführt. Und auch die nächsten Tage und Wochen folgte sie mir auf Schritt und Tritt: Morgens nach dem Aufstehen und später, während der Arbeit, habe ich Ruhe. Sobald aber am Abend Stille einkehrt, höre ich mich im Zwiegespräch mit ihr. Sie folgt mir auf meine Spaziergänge, in die Oper, ins Konzert. Ich erzähle, was ich denke, wir reden, sie beantwortet meine Fragen und Ungewissheiten. Je länger ich jedoch nachdenke, je mehr ich allein bin, desto mehr wünsche ich sie in die Gegenwart zurück. Einige Fragen wüsste ich gern geklärt.

Ich halte fest: Lenas Anwesenheit, die Zweisamkeit, wird mir unvorhergesehen wichtig. Ich fühle mich wahrhaftig zu ihr hingezogen, ihre Einsichten faszinieren mich. Zeitweilig denke ich sogar darüber nach, wie es wäre, meine Ausbildung zu unterbrechen. Ich möchte ihr hinterherreisen nach New York, anstatt im Anschluss an meine Ausbildung auf mich allein gestellt in die Welt zu ziehen. Ich vermisse sie, sie fehlt mir. In ihrem Bann verfügt sie allein über die Macht, die Unumstößlichkeit meines Seinwollens infrage zu stellen, umzustürzen. Mit ihr möchte ich reisen, mit ihr möchte ich das Neue gemeinsam erleben, meinen Alltag teilen.

Der Mensch, das Individuum, erklärte uns mein Lehrer in Philosophie während der letzten Wochen in der Schule, verfügt im Rahmen seiner Möglichkeiten über die Freiheit der Wahl, sich mit Ja oder Nein für oder gegen etwas zu entscheiden. Er allein sieht sich imstande, die Verantwortung für sein Gelingen zu übernehmen. Ihr werdet Menschen begegnen, die von der Gabe ihrer Freiheit keinen Gebrauch machen werden, Menschen, die ihren Platz, ihre Nische nicht finden, Menschen, die überzeugt sein werden, gescheitert zu sein. Ihre Wünsche erfüllen sich nicht, ihre Erwartungen knüpfen sie an unzureichende Voraussetzungen. Der Blick nach Innen gebärt die Wende, die Kehre, sein Leben von Grund auf neu zu erfahren, die Entschlossenheit, eine weitere Richtung einzuschlagen und anderes von sich in sein Leben zu tragen. Das klingt sonderbar, dieser Lehrer aber bestärkte mich in meinem Entschluss, in die Welt zu reisen und diese sehen zu wollen. Ich sah keine Notwendigkeit, meine Absichten zu ändern. Über welche Bedingungen aber, denke ich, verfügt der Einzelne tatsächlich, seine Wünsche Wirklichkeit werden zu lassen?

Der Zynismus, der in der Erklärung dieses Lehrenden mitschwang, wurde mir erst in einem Gespräch mit Lena bewusst. Hätte er gesagt: Es gibt Menschen, die im Rahmen ihrer Möglichkeiten über die Freiheit der Wahl verfügen, könnte ich mit dieser Einschränkung heute überzeugter leben. Dass seine geäußerte Grundsätzlichkeit jedoch ausnahmslos auf alle Menschen anzuwenden ist, dem kann ich heute nicht mehr ohne Widerspruch zustimmen. Das Leben an sich erschöpft sich nicht in allgemeiner Gültigkeit. – „Ja", stimmt Lena mir zu. „Ich kann mein Leben wählen.

Du gewiss auch, stammen wir beide aus wohlhabenden Verhältnissen. Ich zumindest verfüge über phantastische Voraussetzungen, mich im Kaufhaus der unendlich vielen Möglichkeiten zu bedienen. Eine Entscheidung dürfte mir aus der Sicht Außenstehender nicht schwerfallen. Ganz so ist das aber nicht. – Es könnte durchaus sein, dass ich die Fremdheit skizziere, die ich zeitweilig selbst empfinde. Ich aber verspotte die Menschen nicht für ihr Scheitern, für ihre Unfähigkeit, ihr Leben wahrhaft zu wählen, mit Bedacht; ganz im Gegenteil: Ohne einen Halt irren sie ziellos durch die Leere. Misstrauen und Feindseligkeit trüben zeitweilig ihre Wahrnehmung. Der Welt abhanden, fühlen sie sich gleich einem Niemand, noch gelingt es dem Grübelnden nicht, seinem Leben einen Sinn abzugewinnen. Anstatt der Außergewöhnlichkeit und Offenheit mit Freude zu begegnen, verstrickt er sich auf der Suche nach einem Urgrund, der Erkenntnis einer ewig währenden Wahrheit. Wer aber gibt Antwort? Wer? Wo findet sich der Beginn, das Warum dem Schweigen zu übereignen? Der Grübelnde verläuft sich auf einen Abweg. Einer Antwort stehen neue Fragen ins Haus. Das ist das Fortschreiten, die Entwicklung. Anstatt diese Notwendigkeit jedoch zu akzeptieren, entreißt er das Problem dem Kreislauf der Wiederkehr und begibt sich auf den Irrweg der Allgemeingültigkeit. Der Anblick dieser Menschen macht mich betroffen, sehe ich diese hilflos ihrer Ohnmacht ausgeliefert, die tief unter ihnen klaffende

Schlucht zu ihrem Seinkönnen nicht überwinden zu können."

Lenas Eltern sorgten für alles. Gewissenhaft legten sie den Grundstein für die elitäre Bestimmung ihrer Tochter: Bildung, Kultur, Musik, Kunst und Sport. Lena wuchs mit einem gefüllten Terminkalender auf. Ihre Eltern wählten anstatt ihrer mit Bedacht, Anteil am Leben ihrer Tochter nahmen sie jedoch nicht, wie diese sich das wünschte. Lena erinnerte sich an ein Ereignis aus ihrer Kindheit, das sie mir erzählte: Es handelte sich um ihren zehnten Geburtstag. – Ich wünschte mir eine Geburtstagsfeier, erklärte sie mir, eine Feier, wie ich sie in den Häusern meiner Mitschülerinnen kennengelernt hatte. Anstatt fröhlich gestimmt kamen meine Freundinnen aber zurückhaltend und verschämt zu mir. Und trotzdem ich in einem wirklich wohlhabenden Stadtteil aufwuchs, durchdringt mich noch heute das Gefühl, ihre Eltern hassten mich dafür, dass sie ihren Kindern neue Kleidung zu kaufen hatten. Nicht wie sonst wurden sie von einer liebevoll lächelnden Mutter begrüßt, kein Vater ermutigte sie einzutreten; eingeschüchtert lieferten die Eltern ihre Kinder bei uns ab. Sie wurden von Hausangestellten in Empfang genommen. Gleich dem Eintreffen Erwachsener nahmen sie die Jacken der Kinder entgegen und hängten diese an die Garderobe in den Raum neben der großen Eingangshalle. Meine Mutter hatte keinen Kindergeburtstag, sondern ein Sommerfest organisiert, mit einem Zelt im Garten, weiß gedeckten Tischchen und Girlanden. Kellner bewirteten meine Mitschülerinnen, Torte und Kuchen waren vorzüglich. Dass Kinder auf Geburtstagen aber Spiele erwarten und unterhalten werden wollen, daran hatte meine Mutter nicht gedacht; ganz davon zu schweigen, dass die Eltern ihren Kinder die Verhaltensregeln mit auf den Weg gegeben hatten, sich zu benehmen und darauf zu achten, ihre Kleidung nicht zu verschmutzen. Die Feier war fürchterlich. Früh hatte ich bereits gemutmaßt, dass meine Eltern einer anderen Bestimmung folgten, zum ersten Mal aber in meinem Leben schämte ich mich für meine Herkunft. Trost für meine Scham fand ich nicht. Meinem Kindermädchen mochte ich mich nicht anvertrauen, meine Eltern befanden sich jeweils auf Geschäftsreise. Ich bedankte mich später artig für all die Mühen, eine Geburtstagsfeier aber wünschte ich mir nie wieder. Ganz wie seinerzeit, erklärte Lena abschließend, wünsche ich mir auch heute, ein ganz gewöhnliches Leben zu führen. Dieser Wunsch aber, fürchte ich, wird und kann sich nie erfüllen.

Meine Mutter lehrte mich früh die Gesetzmäßigkeit vom Werden und Vergehen. Noch heute sieht mein inneres Auge sie auf der Terrasse hinter meinem Elternhaus im Lotussitz dem Wald zugewandt, tief versunken in ihre allmorgendliche Meditation. Die Einheit der Vielfalt lehrte meine Mutter mich aber nicht, indem sie mir lange Vorträge über die vier edlen

Wahrheiten des Buddha und den edlen achtfachen Pfad hielt oder mich etwa in lang anhaltenden Übungen unterwies. Allein ihr Wirken genügte, um in mir eine ganz gewisse Faszination für das Zazen zu wecken.

Seit ich mich erinnern kann, hängt in ihrem Atelier, einem frei stehenden Glaspavillon in unserem weitläufigen Garten, eine alte vergilbte Kohlezeichnung: die Darstellung von einem Yogi, aufrecht im Lotussitz, ein Jivan Mukta, ein in diesem Leben Befreiter. Soweit die Erziehung ihres Sohnes es zuließ, war meine Mutter, die Weise – wie ich sie insgeheim zu nennen pflegte –, stets darauf bedacht, sich in Achtsamkeit zu üben. Ganzheit: die Einheit von Körper, Seele und Geist. Sich dem Alltag mit jedem Augenblick in liebevoller Aufmerksamkeit zuzuwenden, im Einklang mit sich und der Umwelt zu leben, die innere Klarheit sei ihr stets ein Wegweiser gewesen, wohin sie ihre Schritte führen würden.

Als Kind war ich fasziniert, die Sonne morgens aufgehen zu sehen. Sobald es hell wurde, stieg ich aus meinem Bett. Ich kletterte auf den kleinen Schreibtisch, der vor meinem Fenster stand, schob den Vorhang zur Seite und blickte hinunter in unseren Garten. Glanzvoll senkte sich der Morgentau auf die Wiesen und Felder. Meine Mutter war lange vor mir aufgestanden, noch als die Sterne funkelten und die Nacht den Garten in Dunkelheit hüllte. Mit dem Aufgehen der Sonne begannen die ersten Vögel zu zwitschern.

Meine Mutter saß am Rand der Terrasse starr und unbeweglich gleich einer Säule, blickte Richtung Osten und bereitete sich, dem anbrechenden Tag aufs Neue mit Offenheit zu begegnen. – „Diese eine Stunde widme ich allein mir", erklärte sie, als ich sie fragte. „Sanft hält mich der Morgen in seinen Armen, bevor der Alltag mit seinen Klauen nach mir greift." – So oft ich mir vornahm, vor meiner Mutter aufzuwachen, um sie auf die Terrasse gehen und sich setzen zu sehen, so häufig verschlief ich diesen Moment. Einige Jahre später – in der Schule behandelten wir die verschiedenen Weltreligionen – zeigte meine Mutter mir in ihrem Atelier Fotografien vom Borobudur, einer der größten buddhistischen Tempelanlagen in Südostasien, erbaut auf der Insel Java im achten oder neunten Jahrhundert. Beim Anblick der üppigen Vegetation, in die der Tempel eingebettet stand, erhielt ich eine Ahnung von dem Staunen, das meine Mutter seinerzeit empfunden haben musste, als sie sich vor Jahren zum ersten Mal inmitten der Stupas, der steinernen Grabhügel, versenkte. Später erklärte sie mir, dass die Meditation die Quelle ihrer Inspiration für die Malerei sei, aus dieser schöpfe sie Gewissheit. – „Der Borobudur", erzählte sie, „steht für mich als Inbegriff absoluter Klarheit. Eingelassen in die Natur herrscht das Staunen über das, das da ist." – Sie zeigte mir die Fotografie einer aus Stein gemeißelten Buddhastatue, hoch oben, der Natur zugewandt. – „Dein Vater überraschte mich. Eine unserer ersten großen Reisen führte nach Bali. Dort mietete er einen Wagen mit Fahrer. Das war zu jener Zeit nicht billig, viele Autos gab es nicht. Mit der Fähre setzten wir über nach Java und fuhren über Surabaya zwei Tage lang in den Süden der Insel, bis wir Yogyakarta erreichten, am Fuße vom Mount Merapi, einem dort heiligen Berg. Dieser Ausflug war genug Beweis seiner Liebe, seinen Heiratsantrag nahm ich an. Seit diesem Erlebnis wandte ich mich mehr und mehr allgemeinen, weltlichen Überzeugungen ab. Die Wahrhaftigkeit meines Erstaunens, meine erwachende Neugier und das Interesse für die Andersartigkeit, die Entdeckung der Ursprünglichkeit meines Erlebens überzeugten mich mehr, als mich in Zukunft dem konditionierten Willen meiner Umwelt und Mitmenschen beugen zu wollen."

Ich war nicht überrascht, als meine Eltern nach meinem Auszug entschieden, im August für vier Wochen nach Indonesien zu fliegen. Ich vermutete eine Art der Rückkehr zu sich selbst, da ich nun nicht mehr bei ihnen wohnte. Sie reisten ab Hamburg. Ich lachte, als sie am Flughafen während des Check-in ihre zwei neuen Rucksäcke auf das Laufband stellten. Mein Vater trug bequeme Trekkingschuhe und Khakihosen. Beide strahlten vor Aufregung und aus Freude. Sie flogen in der Business Class, die sich mein Vater für Fernreisen immer leistete. Wir verabschiedeten uns, kurz bevor sie den Sicherheitsbereich betraten. Gegen 15.30 Uhr hob ihr Flieger ab. Den Start der Maschine verfolgte ich von der Aussichtsplattform aus.

Heiligabend schließlich berichteten sie mir ausführlich von ihrer Reise. Zwar hatte meine Mutter mir bis dahin bereits das ein oder andere Ereignis am Telefon geschildert, ihr ausführlicher Bericht jedoch erfolgte, nachdem wir die Geschenke ausgepackt hatten und zu Abend aßen. Bilder von ihrer Reise zeigten mir meine Eltern trotz meiner Bitten nicht. – „Wir wollen dir nicht die Vorfreude nehmen", erklärte mein Vater. „Deine Mutter möchte keinen Einfluss auf deine Unvoreingenommenheit ausüben." – Lauschte ich der Erzählung meiner Eltern, erneuerte sich in mir mein Wunsch, die Welt auf meine Weise zu entdecken. Ich spürte das Bedürfnis, ihrem Weg zu folgen und eben diese Begeisterung nachzuempfinden.

Am Nachmittag, kurz vor Eintritt der Dunkelheit landeten sie in Jakarta. Mein Vater hatte im Internet das *Four Seasons* gebucht. Die Fahrt mit dem Taxi vom Flughafen in die Innenstadt verlief zügig und ohne Umstände. Und hatten meine Eltern während des Check-in mit ihren Rucksäcken bereits für Aufregung gesorgt, so auch als sie an den Empfang im Hotel traten. Sie müssen sich köstlich amüsiert haben, während der Rezeptionist misstrauisch die Kreditkarte meines Vaters durch das Lesegerät zog. Und so bescheiden ich meine Mutter kannte, so eifrig blätterte sie, noch während mein Vater die Formalitäten erledigte, im Angebot vom Wellness-Bereich. Bereits für den Abend vereinbarte sie einen Termin für eine Ganzkörpermassage. Nach dem Abendessen genoss meine

Mutter den Blick von ihrem Balkon über die Millionenstadt, unschlüssig, was sie von der Stadt hätte erwarten können.

Morgens gegen halb vier weckte sie der Gesang der Muezzin. – „Einfach sagenhaft", berichtete meine Mutter. „Während der erste Aufruf laut und klar zum Morgengebet erklang, stimmten weitere Ausrufer in den muslimischen Gesang mit ein, bis die Klänge schließlich gleich einem schwelenden Dunst über den Dächern der gesamten Stadt lasteten. Von da an fühlte ich mich in der Fremde angekommen." – Zwar bereitete die Zeitverschiebung meinen Eltern für die folgenden Tage etwas Probleme, die Müdigkeit jedoch hinderte sie nicht daran, früh am Morgen ihre Besichtigung zu starten. Mein Vater organisierte einen Fahrer. Sie ließen sich zum Bahnhof Gambia fahren, wo sie die Fahrkarten für die Weiterreise im Expresszug nach Yogyakarta kauften. Gewissenhaft hatte meine Mutter ein Reisetagebuch geführt. Von dort aus gingen sie wenige Meter über die Straße auf den Merdeka Platz, einem weitläufigen, viereckig angelegten Platz, auf dem das Wahrzeichen der Stadt und Sukarnos letzte Hinterlassenschaft seiner Diktatur steht: das Monas Nationalmonument. Der Schilderung meines Vaters zufolge eine über hundert Meter hohe, schmale rechteckige Säule – besser der Stiel einer Fackel – mit einer Aussichtsplattform. Nachdem sie mit dem einzigen Fahrstuhl nach oben gefahren waren, genossen beide einen großartigen Rundumblick über die Stadt.

Angrenzend an das Areal befindet sich die Istiqulal Moschee, die größte ihrer Art in Südostasien. Sie ist über eine weitläufige Zufahrt zu erreichen und fasst weit mehr als einhundertzwanzigtausend Gläubige. Vorbei an der holländischen Nationalkathedrale und dem Befreiungsdenkmal setzten meine Eltern ihren Weg nach Old Batavia fort, einem kleinen Stadtteil und letzte Hinterlassenschaft der holländischen Kolonialherrschaft. Auf dem Taman Fatahillah, dem Vorplatz vom damaligen Rathaus, sprachen die Kolonialherren Recht, indem sie Folter und Hinrichtungen öffentlich vollzogen. Von dem einstigen Glanz stehen noch wenige alte Häuser, die einen flüchtigen Eindruck aus dieser Vergangenheit vermitteln. Ein weiterer Höhepunkt des recht übersichtlichen Programms war eine Bootsfahrt durch den Sunda Kelapa, dem ältesten Hafen in Jakarta, wo bis heute unzählig prachtvolle Frachtsegler eng aneinandergereiht an der Kaimauer vertäut liegen.

„Der eine ganze Tag in Jakarta genügte uns", erzählte meine Mutter. „Am nächsten Morgen stiegen wir in den Zug Richtung Yogyakarta. Wir fuhren mit etwa einundhalb Stunden Verspätung ab. Insgesamt verspätete der Zug sich um vier Stunden. Verzögerungen aber sind in dem Land normal." – Die Fahrt durch Halbjava war dafür atemberaubend. Sie führte über weite Ebenen, durch saftige Täler, sattes Grün säumte die Strecke. Im Zugbistro, wo das Rauchen erlaubt war, fiel es meinem Vater nicht schwer, mit verschiedenen Reisenden ein Gespräch zu beginnen. Er hatte dort eine Menge Spaß. Er führte nette Unterhaltungen. Und wäre er ohne meine Mutter gereist, er hätte dort die gesamte Fahrt gesessen. Allen skeptischen Stimmen zum Trotz: Nirgendwo sparten die Indonesier an Freundlichkeit. Überall, ob im Hotel, auf dem Bahnhof oder auf dem Merdeka Platz, begegneten sie meinen Eltern mit Erstaunen und Neugier.

Yogyakarta erreichten sie nach Einbruch der Dunkelheit. Meine Mutter erfuhr, dass das Gelände vom Borobudur erst nach dem Sonnenaufgang um sechs Uhr in der Früh öffnen würde. Dennoch: Auf wundersame Weise gelang es meinem Vater, einen Fremdenführer zu organisieren, der mit ihnen gemeinsam das Gelände einen Tag später lange vor Einbruch der Dämmerung betrat. – „Natürlich herrscht nicht vom ersten Moment an Klarheit", berichtete meine Mutter: „Erst mit der Versenkung kehrt sie heim in die Welt. Der Mond ging im Westen unter, vereinzelt funkelten wenige Sterne. In fahler Dunkelheit stiegen wir die steilen Stufen der Stufenpyramide zur Hauptstupa hinauf. Über den umliegenden Wäldern stieg mit der Dämmerung ganz allmählich der Morgennebel auf. Morgentau legte sich kühl auf den steinernen Absatz, auf dem ich saß und Richtung Osten in die Ferne blickte. Nach und nach begannen die Vögel zu zwitschern, die Grillen zu zirpen. Konzentriert lauschte ich den verschiedenen Klängen und atmete die frische Luft tief ein. Mein innerer Monolog tauchte ein ins

Schweigen. Noch übertönte kein Lärm das natürliche Treiben, brach kein Motorengeräusch jäh durch die zarte Stille oder verschlangen die zahlreichen, munter plaudernden Stimmen der später eintrudelnden Besucher die ruhende Stille. Das Gefühl von Wahrhaftigkeit ergriff mich und strömte vollendet durch mich hindurch. Ich lebte einen unsagbar glücklichen Moment."

Hatte meine Mutter mich bis zum Zeitpunkt meiner Abreise geschont, konfrontierte sie mich seit jenem Tag zunehmend mit ihren Einsichten, wodurch sie mir mehr und mehr rätselhaft erschien. Von dem tatsächlich empfundenen Glück, das ihr in ihrer bald vollkommenen Welt zuteil wurde, hatte ich nur eine vage Vorstellung. – „Manch Kind weiß nicht, dass sich seine Welt von selbst versteht", erklärte sie mir an jenem Abend. „Den Schatz der Gegenwärtigkeit weiß es nicht zu würdigen. Erst mit dem Alter entwickelt der Entwachsene ein Bewusstsein dafür, dass dieser Schatz, zermalmt und begraben unter der Konkurrenz, unter Hass, Neid und Missgunst in Vergessenheit geriet, den er wieder mühsam zu bergen hat." – Blicke ich zurück, wird mir die Klarheit ihrer Gedanken bewusst, die Ungebrochenheit sowie Uneinnehmbarkeit ihrer Überzeugung, ihre Hoffnung. Ihr Lächeln entwaffnete stets ihr Gegenüber. So zum Beispiel, als sie ein Lehrer ermahnte, ich neige zur Träumerei. Seine Sorge amüsierte meine Mutter. Einmal hingegen empörte ich mich. Mich ärgerte, wie sie sich inmitten der fürchterlichen Gewalt und herrschenden Ungerechtigkeit in der Welt nichts von ihrer heiteren Gelassenheit preiszugeben bereit zeigte. Gütig sah sie mir meine Unbeherrschtheit nach, zu meiner Überraschung jedoch sah ich Tränen sich in ihren Augen sammeln. – „Wie kannst du meinen, ich wisse von all diesen grausamen Dingen nichts?" stammelte sie. „Warum unterstellst du mir Gleichgültigkeit? Mein Herz reißt in Stücke, denke ich an all die Leiden, die den unzähligen Menschen auf dieser Welt zu Unrecht zugefügt werden." – Sie verzieh mir. Und auch dies war eine besondere Gabe meiner Mutter: das Verzeihenkönnen. Selten sah ich sie eine Zeitung lesen oder die Nachrichten sehen. Meistens verließ sie das Wohnzimmer, schaltete ich den Fernseher ein, um mich nach den Neuigkeiten des Tages zu erkundigen. Ihr aber Unkenntnis zu unterstellen, befand ich mich nicht im Recht. Sehr wohl war sie informiert, wusste von der Kulturrevolution in China, vom Völkermord in Kambodscha und Ruanda, kannte Pol Pot, Stalin, wusste mit der Bezeichnung Gulag etwas anzufangen und hatte von den Todeslagern in Nordkorea gehört. Sie hatte genügend Bücher über die Diktatoren der Welt gelesen, die genährt mit Hass und Selbstverachtung die Welt zu verändern beabsichtigten, die an den besten Universitäten in Europa, den USA oder der UdSSR studiert und während ihrer Regierungszeit nichts Besseres zustande gebracht hatten, als Krieg zu führen und Völker verhungern oder ermorden zu lassen. Ich sah ein, meine Mutter zu Unrecht beschuldigt zu haben, und schämte mich dafür.

An jenem Abend berichteten meine Eltern noch einige Zeit von ihrer Reise, von ihrem mehrtägigen Ausflug zum Mount Bromo, einem der aktivsten Vulkane im Osten der Insel Java, dem Ijen Crater, einem weiteren Vulkan. Er gilt als das größte Säurefass der Welt, wo der Schwefel in Platten heute noch von zähen Trägern einige Kilometer weit in Körben den Berg hinuntergeschafft wird. Mit der Fähre überquerten sie die Meerenge nach Bali. Dort übernachteten sie zunächst in einem Hotel im Süden am Strand. Sie sahen sich die verschiedensten Tempel an, bis sie schließlich in das Zentrum der Insel nach Ubud wechselten, dem Kulturmittelpunkt. Meine Mutter schwärmte vom balinesischen Hinduismus, dem unverzichtbaren animistischen Aberglauben innerhalb der Bevölkerung, der auf beinahe jede Lebenssituation Einfluss nimmt, die malerische Landschaft, dem Essen und dem Wetter. Glücklich blickten sie auf ihre gemeinsamen Wochen zurück. Und lauschte ich ihrer Erzählung und ihren Einsichten, wird mir heute bewusst, dass sie bis zum Zeitpunkt meines Wegzugs für sich entschieden hatten, innerhalb meiner Erziehung im Rahmen ihrer Möglichkeiten keinen prägenden Einfluss auf mich ausüben zu wollen. Die Wahl überließen sie überwiegend mir. Ihre Absichten lagen weit davon entfernt, aus mir einen Heiligen zu machen, vielmehr versuchten sie ihr Wirken auf ein Maß zu reduzieren, das mir

Orientierung verlieh, die Anforderungen des Alltags selbstmächtig zu meistern. Ich begreife ihr Fördern, das meiner Selbstständigkeit diente, ihrer Absicht, meinem Anspruch auf Autonomie sowie Authentizität möglichst gerecht zu werden. Jedoch: Welches Maß an Strenge wählt eine Mutter, die mehr die Freiwilligkeit zu überzeugen vermag? Ist sie tatsächlich imstande, ihrem Willen zu entsprechen, keinen Einfluss auszuüben?

Ich wuchs früh mit Gartenarbeit auf. Jeden Morgen, kurz nach dem Frühstück, pflegte meine Mutter ihre Pflanzen. Sie begann im Haus und kümmerte sich im Anschluss meistens um den Garten. Bereits als Grundschüler half ich ihr, das Unkraut zu jäten oder Laub zusammen zu harken. Später schnitt ich die Hecken, mähte regelmäßig den Rasen und folgte im Herbst ihren Anweisungen, welchen Baum ich wie zu beschneiden hatte. Regelmäßig begleitete ich meine Mutter auf ihre Streifzüge in die Natur. Sie malte abseits der Wege, während ich das Umfeld erkundete. – „Sieh nur!" rief sie begeistert. „Die Natur. Alles ist Eins." – Sie setzte sich mit ihrer Staffelei inmitten eine Blumenwiese, streckte die Nase in den Wind, der sanft über ihre Haut strich, schob eine verlorene Haarsträhne hinter ihr Ohr und nahm Maß. Sie genoss den Moment, weste der Wind über die Wiese die Stille durchbrechend. – „In einem solchen Moment", erklärte sie mir während einem vorerst letzten Spaziergang kurz vor meinem Auszug, spüre sie deutlich ihre Gegenwart. Auf diese Weise sei sie sich ihrer Existenz in der Welt gewiss.

In der Natur lernte ich das Dasein in seiner reinsten Form kennen. Ich spielte inmitten der Pflanzen, beobachtete die Tiere, Bienen schwirrten um mich herum durch die Luft. Lag ich auf dem Rücken, folgte ich dem Ziehen der Wolken und lauschte dem Rascheln der Blätter, sobald der Wind kräftig über die Felder in die Kronen der Bäume fegte. Die freie Zeit, die meiner Mutter neben ihren Alltagsverrichtungen blieb, widmete sie – seit ich mich erinnern kann – mit wenigen Ausnahmen der Malerei. Das Malen einer für sie im Moment schön erlebten Landschaft füllte sie aus. Vor Jahren, zu der Zeit als meine Eltern noch in Hamburg lebten, malte meine Mutter abstrakt, modern. Ihre Erzeugnisse verkaufte sie zu jener Zeit für viel Geld. Mit ihren Aquarellzeichnungen und Ölbildern verdient sie heute bei Weitem nicht so viel. Im Regal von meinem Vater, zwischen seinen Briefmarkenalben, entdeckte ich die Kataloge ihrer Vernissagen. – „Deine Mutter", erklärte mein Vater ernst, „war eine über die Grenzen der Stadt bekannte Künstlerin." „Ihre Bilder sind wüst", meinte ich. „Ja", lachte mein Vater, „das war eine wilde Zeit." – Ich saß ihm gegenüber in seinem Arbeitszimmer: „Deine Mutter steckte voll wilder Ideen", erzählte er, „voller Hoffnung und dem Glauben an eine andere, bessere Welt. Sie träumte von Veränderung und Umsturz, ermutigte zu Ablehnung und Auflehnung. Gemeinsam mit ihren Kommilitonen veranstaltete sie Ausstellungen im Karolinenviertel, in Hamburg St. Pauli. Wir feierten die Nächte durch, diskutierten bis früh in die Morgenstunden, stritten und liebten uns. Die Leute rissen sich um ihre Bilder." „Wann endete diese Zeit?" fragte ich. „Als wir aus Hamburg wegzogen. Ich hatte mein Studium abgeschlossen, wir wollten dich nicht in Hamburg aufwachsen sehen. Außerdem hatte ich den Betrieb von meinem Vater, deinem Großvater zu übernehmen und weiterzuführen. Hier angekommen wurde deine Mutter ruhiger. Sie entdeckte ihre Liebe zur Natur. Sie war mit dir und deiner Erziehung beschäftigt. Und als sie das politische Geschehen aus der Ferne betrachtete, kam sie ins Grübeln, bis sie schließlich zu der Überzeugung gelangte, sich mit ihrer politischen Einstellung auf einer Art Holzweg befunden zu haben. Ihre Art zu malen änderte sich, die Struktur ihrer Käufer selbstverständlich auch. Schade nur, dass sie nie wieder porträtierte. Ihre Zeichnungen waren atemberaubend, sie führte den Pinsel bis in das kleinste Detail."

Erzählungen dieser Art weckten in mir die Neugier, Hamburg, die Stadt meiner Eltern kennenlernen zu wollen. Unzählige Male stellte ich mir vor, ihnen hinterher zu reisen, die unbekannte Stadt zu erkunden, die Stationen ihrer Gemeinsamkeit, ihrer Geschichte aufzusuchen, dort Halt zu machen. Meine Erwartungen an die Stadt waren riesig. Mein Tatendrang kaum zu bremsen. Der Hafen, die Museen, das Musik- und Kulturangebot wie auch die Nähe zum Meer drängten mich in den Norden. Die mich erwartende Vielseitigkeit – ich war mir sicher – würde mich begeistern.

In meinem Elternhaus hatte es mir an Liebe und Aufmerksamkeit nie gemangelt. Ich wuchs als einziges Kind bei ihnen auf. Genügend Geld war immer vorhanden. Meine Eltern statteten mich mit dem Notwendigsten aus. Mit Geschenken übertrieben sie nie, achteten stets auf das rechte Maß.

Natürlich spielt ein Junge Fußball, er fährt Rad und verbringt die freien Nachmittage im Sommer mit Freunden im Schwimmbad. Aber auch dieser Junge ist zu erziehen. Er hat sich auch gegen seinen Willen mit Regeln vertraut zu machen. Er hat zu lernen, anständig zu essen, seine Zähne zu putzen, darf nicht stehlen und sollte nicht lügen müssen. Hausaufgaben können eine unangenehme Pflicht darstellen, meine Mutter im Haushalt zu unterstützen, davor schonte sie mich nicht. Früh zeigte sie mir meine Grenzen auf, dafür jedoch garantierte sie mir die notwendige Alltagstauglichkeit.

Meine Mutter verfügte über das rechte Maß, Notwendigkeit und Möglichkeit voneinander zu unterscheiden. Sie lehrte mich die Offenheit, bewahrte mir mein Bewusstsein für den Augenblick und schärfte meine Sinne für Vielfalt und Unterschiedlichkeit. Ich erinnere mich an ihre Geduld mit mir, die Güte in ihrem milden nachsichtigen Blick, sobald sie mich zum

Opfer unkontrollierter Impulse erklärte. Ich bin überzeugt, dass sie den schwierigen Grat meiner Erziehung zwischen dem Erkennen und Fördern meiner Eigenschaften und Begabungen und dem der Nachsicht und Gebote gut meisterte. Ich erinnere mich nicht, dass sie mich je beschämte oder Gefühle der Schuld in mir zutage förderte. Zu keinem Zeitpunkt hatte ich das Gefühl, mich zum Produkt ihrer Wünsche zu entwickeln. Mit zunehmendem Alter gewährte sie mir mehr und mehr Freizügigkeit. Ohne meine von ihr zugeteilten Pflichten zu vernachlässigen, gestaltete ich meine Freizeit meinen Wünschen gemäß. Wichtig aber ist: Gewalt spielte in meinem Elternhaus nie eine Rolle. Hätte mein Vater mir je Gewalt angetan, hätte meine Mutter ihm das nie verziehen.

Als die Gebote und Verbote mit zunehmendem Alter nachließen, erkannte ich, dass meine Mutter schweigsam litt, sobald sie mich zu maßregeln gezwungen sah. Ihre Überzeugung veranlasste sie, keine Verbote auszusprechen. Ihre Seele nahm Schaden, sobald sie mir Leid zufügte, und sei es auch nur im Rahmen ihrer Erziehung. Zugehörigkeit beruht auf Freiwilligkeit. Von einem unbestimmten Zeitpunkt an überantwortete sie sich mir selbst. So gelang es meiner Mutter auf wundersame Weise, kaum mehr Einfluss auf mein Leben nehmen zu müssen.

Und auch mein Vater hatte ein gutes Händchen mit mir. Aufgrund seiner Ermutigung zur Selbstverantwortung und meiner Neugier hatte er nicht viel beizutragen. Ich liebte den Geruch von frisch geschnittenem Holz, seine Verarbeitung und bastelte in seiner Gegenwart als Kind bereits gern in der Tischlerei. Half ich ihm später, bezahlte er mich gut. Ich verfügte über genügend Gelegenheiten, früh das Geld zu sparen, das ich für meine große Fahrt benötigen würde. Mein Vater erwartete nie zu viel von mir. Ich bin überzeugt, dass ich ihn nicht enttäuscht hätte, hätte ich die Schule nicht mit dem Abitur abgeschlossen. Er nahm keinen Anstoß an der Mittelmäßigkeit meiner Abschlussnote. Ganz im Gegenteil: Er lud meine Mutter und mich in das teuerste Restaurant der Stadt ein, wo wir meine Reifeprüfung feierten. Er zählt nicht zu dem Typ Stammhalter, der sich seinen Erhalt zu sichern erwägt. Eine Aufgabe aus eigener Kraft zu bewältigen, das imponiert ihm, darin bin ich ihm ähnlich.

Fassungslos erlebte ich meine Mutter nur einmal: Mein Vater arbeitet viel. Ihrem Empfinden nach zu viel. Innerhalb der Woche ist er beinahe jeden Tag mindestens zehn Stunden mit seiner Firma beschäftigt. Er beaufsichtigt die Arbeiten in der Tischlerei, fährt mehrere Tage deutschlandweit auf Baustellen und fliegt auch ins Ausland, wo er exotische Hölzer für seinen Betrieb erwirbt. Am Wochenende widmete er seine freie Zeit uns, so es ihm möglich war. Wir unternahmen Ausflüge, wanderten im Harz und fuhren Rad. Er begleitete mich zu meinen Fußballspielen, wir arbeiteten am Haus oder im Garten. Er selbst hat nur eine Passion: Er sammelt Briefmarken. Einhergehend damit besitzt er eine umfangreiche Bibliothek.

Es ereignete sich an einem dieser Abende, als mein Vater sich in sein Arbeitszimmer im Keller zurückgezogen hatte und seine Zeit den Briefmarken widmete. Dort sammelt er seine Gedanken. Er vertreibt sich die Stunden in Selbstvergessenheit, während er seine Musikanlage einschaltet und klassische Musik, bevorzugt Klaviermusik hört. Mit seinen Gedanken reist er um die Welt. Beschäftigt er sich mit seinen Marken, verläuft er sich in der Geschichte der einzelnen Länder. Eine einzige Marke nur vermag seine Neugier zu wecken, sich mit der Geschichte des Motivs, dem Hintergrund seiner Entstehung oder der Politik des jeweiligen Landes auseinanderzusetzen.

Ich überraschte meine Mutter im Wohnzimmer. Sie saß aufrecht in der Dunkelheit still auf dem Sofa. Ihre Hände hielt sie gefaltet auf ihrem Schoß. Im Haus herrschte eine gespenstische Atmosphäre. Aus dem Keller klangen die zarten, aufwühlenden Töne des Larghetto aus dem zweiten Klavierkonzert von Frédéric Chopin die Treppe hinauf, dem unstillbaren Verzehren der Liebe. Gedämpft schallte die Musik durch die stillen Räume. Ich erwischte meine Mutter in einem schwachen Moment. Erstaunt blickte ich sie an und sah Tränen in ihren Augen. Als sie mich bemerkte, rang sie erschrocken um Fassung, sie hatte mich nicht kommen gehört. Hektisch wischte sie sich die Tränen aus dem Gesicht. Sie sprang auf und war im Begriff das Zimmer zu verlassen – ich vermutete in die Küche –, als ich sie am Arm fasste und zurückhielt. – „Was ist passiert?" fragte ich sie. Ich war besorgt. „Ach", wiegelte sie knapp ab, mich zu besänftigen. „Es ist nichts Ernsthaftes." Sie setzte sich wieder. „Ich fühle mich nur erleichtert, kommt dein Vater etwas zur Ruhe und nimmt er Kontakt auf zu seiner Seele." Peinlich berührt lächelte sie mich scheu an. „Aber", fuhr sie fort, „ich ahne nur, besser ich fürchte, dass er von seiner nie enden wollenden Arbeit eines Tages völlig unerwartet erschöpft umfallen wird. Ich bin mir nicht sicher, ob er je eines natürlichen Todes sterben wird."

Ende August sprach Toni mich an. Ich hatte mich – wie so häufig während der vergangenen Wochen – in meine Ecke im Café Comunità verkrochen. Dort saß ich mit Kugelschreiber und Schreibkladde bewaffnet, mein Inneres nach Außen zu kehren. Gedanken, die mich heimsuchten, notierte ich in das Büchlein, die Reinschrift erfolgte am Rechner in meinem Baumhaus. – „Muss ich mich sorgen?" fragte Toni, als sie den Milchkaffee, den ich bestellte hatte, auf den Tisch vor mir stellte. Erstaunt sah ich sie an. „Ich meine", fuhr sie fort: „Seit Wochen schon verkriechst du dich nachmittags grübelnd in deine Ecke, am Abend aber trinkst du ein Bier nach dem anderen, als wenn nichts wäre!" „Es ist nichts", erklärte ich. – Ich hatte nicht die Absicht, mit Toni über mein kleines Abenteuer zu sprechen. Dies hütete ich vergleichbar mit einem Schatz. – „In Ordnung", meinte Toni und sah mir in die Augen. „Solltest du dennoch das Bedürfnis haben, mit jemandem reden zu wollen, oder solltest du Hilfe benötigen, dann sag mir Bescheid!"

Tonis Sorge verwirrte mich. Welchen Eindruck hinterließ ich, dass sie sich ebenso wie Lena veranlasst sah, mich in die Schlange der Wartenden einzureihen und mir ihre Unterstützung anzubieten? Ich war mir meiner Sehnsucht bewusst, meine Zeit mit Lena teilen zu wollen, ich fühlte mich aber nicht verzweifelt. Hier und dort ertappte ich mich zwar im Dialog mit Lena, begegnete dem Vorwurf meiner vergeblichen Suche in Einsamkeit, als befinde sie sich zu Besuch bei mir. An manch lauem Sommerabend saßen wir auf meinem Balkon, plauderten oder blickten schweigsam in die tiefe Nacht. Gedanklich aber wanderte ich bereits fernab ihres Weges auf anderen Pfaden. Und je länger mich kein Lebenszeichen von ihr erreichte, desto seltener kehrte sie zu mir ein, desto öfter schwieg der Dialog.

Ein Ereignis allerdings ließ sich aus meiner Erinnerung nicht tilgen, ein Besuch, der nicht ohne Folgen blieb: An einem Freitag saß ich spät am Abend während einer dieser friedlichen Sommernächte auf meinem Balkon. Zufrieden blickte ich in die Dunkelheit. Der Mond über mir stand in klarer Sternennacht weit oben in voller Pracht, als Lena sich wie aus dem Nichts zu mir setzte. Mein Gast schwieg. Mir schien, als wäre Lena aus der kosmischen Unendlichkeit des Weltalls, der Weltzeit, zu mir hinabgestiegen in die Wirklichkeit, meiner Lebenszeit. Ihrer gegenwärtig verweilte sie für einen Augenblick, bevor sie kurz darauf ins Dorthinaus entschwand. Besucher stehen abseits, dachte ich. Ohne Anteilnahme beobachten sie schweigsam nach ihrer Einkehr das Geschehen der Gegenwart aus ihrer eigenen, ähnlich einer vierten Dimension. Wohin sie entschwinden? Das vermag niemand mit Gewissheit zu klären.

Meine Sehnsucht trieb mich in die Heimhuder Straße. Ich verließ das Haus und eilte durch die Dunkelheit. Ich lief über den Gänsemarkt, vorbei an der Staatsoper den Mittelweg hinauf, bis ich schließlich vor der Stadtvilla zu halten kam. – Was aber hatte mich dorthin geführt? Die nicht ernsthaft in Erwägung zu ziehende Gewissheit ihrer Einkehr? Die Unmöglichkeit? Eine alles klärende Antwort auf all meine Fragen, die ich an Lena stellvertretend für das Leben richtete? – Wie nicht anders zu erwarten war, fand ich die eiserne Gartenpforte verschlossen vor. Die Rollläden waren heruntergelassen, im Haus brannte nicht ein Licht.

Hatte ich mich bis dahin für unverwundbar gehalten, nicht zu erschüttern, verwunderten mich meine eintretende Unruhe und plötzliche Unsicherheit. Ich erlebte mich klein und kümmerlich, fühlte mich, als sei mir soeben ein Dolch in die Brust gestoßen worden. Ganz als hätte der Teufel vormals einen Pakt mit mir geschlossen, forderte er nun seinen Tribut für eine unvergessliche Nacht. Einsam und verloren stand ich dort vor dem ehrwürdigen Haus mit schwindendem Urvertrauen, meinem sich ins Irgendwo verflüchtigendem Selbstvertrauen und dem Vertrauen in die Welt, die mich umgab. Der Mond hoch über mir mit seiner die Jahrmillionen überdauernden Gleichgültigkeit – so schien mir – blickte auf mich herab. Er verhöhnte mich und mein Sehnen in meiner erbärmlichen Endlichkeit, die mich über keine Grenze führt. Mit einem einzigen kräftigen Schlag trennte sein Hohn dem Sinn vom Dasein den Kopf ab. Er durchschnitt die Fäden, die mich an die Welt banden, und verbannte mich in den Raum der Bedeutungslosigkeit. Der Handel: Ich büßte meine Unbeschwertheit und Fröhlichkeit ein. Aber: Hatte ich mich zu recht einsam zu fühlen? Begleiteten mich keine Freunde während meiner ersten Schritte in Unabhängigkeit? In jener Nacht fand ich weder Trost, noch wurde mir deren Ermutigung zuteil. Vermochten meine Freunde nicht mein Bedürfnis nach der seelischen wie körperlichen Nähe zu stillen, wie ich diese in Lenas Gegenwart empfunden hatte.

Das Schreiben reinigt die Seele. Mein Erstaunen, das Erschrecken, meine Erschütterung sowie Verunsicherung wecken die Zweifel. Kopflos wende ich mich ab. War mir die Welt bis vor wenigen Wochen vertraut, und begriff ich sie selbstverstanden, aus sich selbst heraus, schicken die Fragen mich in die Offenheit aus, mich auf die Suche nach dem Sinn vom Dasein zu begeben, seinem Wesen zu begegnen. Meine innere Stimme schweigt nicht. Sie fährt fort, bis ich sie der Unbestimmtheit entrissen und ihr Ausdruck verliehen habe, sobald sie in meinem Büchlein in Worte gefasst, in diesen Teil der Welt gekehrt Gegenstand geworden ist.

Am Morgen nach meinem nächtlichen Ausflug wachte ich bereits nach wenigen Stunden auf. Meine Unruhe trieb mich hoch und aus dem Haus. In der Dämmerung hastete ich durch die noch menschenleeren Straßen. – Bereits während meiner Schulzeit, denke ich, verschafften mir lange Spaziergänge Klarheit. – Ich eilte durch die Wallanlagen an den Gerichten vorbei und setzte mich im Alten Botanischen Garten auf eine Parkbank. Ich dachte: Noch ruht die sonst lebendige Stadt.

Ich erinnere mich: Angrenzend an das Grundstück meines Elternhauses, rückseitig dem Wald zugewandt, führt ein schmaler Pfad, begleitet vom Fließen eines Baches, an dem Gartenzaun entlang. Trete ich durch das Gartentor und wende ich mich nach links, führt der Pfad auf einen ungepflasterten Weg, einen Feldweg. Folge ich dem Weg, geleitet er mich durch die Felder, windet sich den Hügel hinauf, fort in den Wald. Am Waldrand angelangt, grüßt mich versteckt unter den schweren Ästen einer alten Eiche eine grob gezimmerte, von den Jahreszeiten gezeichnete Bank. Unzählige Stunden saß ich dort während meiner Jugendzeit im Schutz des Baumschattens, las oder hörte Musik. Versunken in meine Lektüre, wagte ich die ersten selbstständigen Schritte in angrenzende Gebiete. Ich träumte mich in eine mir neue eigenständige Welt. Noch ahne ich nichts von der Sorge, die mich in ferner Zeit heimsuchen würde, noch war ich Kind. Noch breitete meine Mutter ihre schützenden Hände über mich aus. Ich las über Angkor Wat, sah mir Pompeji und Herculaneum in den Bildbänden meines Vaters an. Mit den Reportagen und Reiseberichten weilten meine Gedanken in weiter Ferne, dort fasste ich meine ersten mir eigenen Entschlüsse.

Blicke ich den Hügel hinab ins Tal, erkenne ich in der Ferne die Wipfel der Fichten, die mein Großvater zu jener Zeit in noch seinen Garten pflanzte. Ich vermute meine Mutter in ihrem Atelier, geschäftig eine neue Leinwand für ein weiteres Acrylbild aufzuziehen. Ich schwinge mich auf mein Fahrrad und fahre kilometerweit durch die Natur. Ich erfreue mich an den hohen Bäumen, der Vielfalt der Pflanzen und sauge genüsslich den Geruch von dem frisch geschlagenen Holz in mich auf, das aufgeschichtet am Wegesrand liegt. Ich raste an einem abgelegenen, tief im Wald versteckten Teich und blicke von seinem Ufer aus schweigsam ins Dorthinaus. Zurückgekehrt auf die Bank, erblicke ich zwischen den Feldern, auf dem Feldweg in weiter Ferne meine Mutter. Sie ist um Jahre gealtert. Mühsam zieht sie den bunt bemalten Bollerwagen hinter sich her, in dem ich als Kind lachend Platz nahm, sobald ich sie vergnügt auf ihre Streifzüge in die Natur begleitete, in dem sie heute ihr Zeichenmaterial, Staffelei und Hocker verstaut. Der Wind fegt über die Felder, Staub wirbelt hoch auf. Sie sitzt hinter ihrer Staffelei und hält inmitten der sich im Wind wiegenden Ähren ihre Nase in den rauschenden Wind. Ihren klaren Blick richtet sie auf die sich ihr offenbarende Offenheit. Mit geschärftem Sinn nimmt sie Maß.

In wenigen Tagen wird der Bauer mit der Ernte beginnen, das Korn mähen und dreschen. Die Felder werden ihren Glanz einbüßen, dafür aber zahlreiche Strohballen in munterer Ungeordnetheit den Feldweg säumen. Später im Herbst wird sich Nebel auf die karge Weite senken, der Wind stürmisch über den Acker fegen, der Winter deckt die Felder in Gänze zu. Unwegsam versperren Schneewehen meinen Marsch, bis der Frühling die Felder mit ihrer frischen Saat in einen neuen Glanz hüllen wird. Die Obstbäume werden zu blühen beginnen, Birnen und Pflaumen zieren den Weg. Zwitschern die Vögel im Sommer munter daher, werde ich meinen Gang bereits fortgesetzt haben.

Vom Weg abgekommen, abseits auf einem schmalen Grat, blicke ich in die Tiefe. Schwindel ergreift mich, ich gerate ins Taumeln. Wenige Minuten weiter gelangte ich im Alten Botanischen Garten in den Bereich vom japanischen Garten, wo zu dem rechteckig angelegten Teich ein Teehaus errichtet worden war. Öffne ich die Schiebetüren des Pavillons, trete ich angrenzend an den Teich auf einen breiten Holzsteg. In stiller Betrachtung halte ich inne. Dort erblickte ich Herrn Ichigo Ichie zum ersten Mal. Ich sah ihn im Lotussitz auf den Holzplanken sitzen, gekleidet in einem Kimono dem flachen Teich in tiefer Meditation zugewandt.

Den Tag mit Achtsamkeit zu beginnen, darin hatte Herr Ichigo Ichie seine Meisterschaft erlangt. Er war japanischer Teemeister. – Ich stelle mir vor: Seit Tagen beschäftigt mich die Frage, wer in der zweiten Dachgeschosswohnung in meinem Stockwerk wohnt. Einziger Hinweis vor der immer geschlossenen Wohnungstür ist auf dem Fußboden ein kleiner runder Stein, umknotet mit einer schwarzen Kordel. Michael erzählt mir, dass die Dachgeschosswohnung vor einigen Jahren eigens für den Einzug von Herrn Ichigo Ichie komplett umgestaltet worden sei. Sein Sohn, Erster Solocellist im philharmonischen Orchester der Staatsoper, habe seinen Vater unter dem Vorwand nach Hamburg gelockt, das Teehaus im japanischen Garten zu pflegen und darüber hinaus die zu jener Zeit noch geheimnisvolle Kunst der Teezeremonie in regelmäßigen Abständen im Völkerkundemuseum vorzuführen. Um seinen Vater zum Bleiben zu bewegen, habe er die Wohnung nach japanischen Maßstäben umgestalten lassen.

Stehe ich in der Wohnung, gewinne ich den Eindruck, mich in einem japanischen Teehaus zu befinden. Das eine Zimmer sowie der Eingangsbereich sind schlicht eingerichtet. Insgesamt entbehrt die Wohnung aller für sie nutzlosen Elemente. Die Wände sind grob in braunen holzfarbenen Tönen verputzt, der Boden ist mit Tatami-Matten ausgelegt und die Fenster zusätzlich mit Shojis ausgestattet, den typisch hölzernen mit undurchsichtigem Papier bespannten Schiebetüren. Nicht wegzudenken sind der Bambuspfosten mitten im Teeraum sowie Teekessel, Teeschalen, Wasserkelle und Rührbesen, alle für die Teezeremonie notwendigen Gegenstände, die Herr Ichigo Ichie abgeschirmt hinter einem Paravent auf einem Regal in einer Nische an der Seite verwahrt. Der Futon wird eingerollt in einem Wandschrank verborgen. Schiebe ich die zwei Shojis zur Seite, blicke ich auf eine kleine Dachterrasse, einen bescheidenen japanischen Steingarten, eingegrenzt von hohem Bambus und Zwergkiefern, Zuflucht vor der rastlos, ruhelosen Stadt.

Durch Zufall entdecke ich Herrn Ichigo Ichie früh am Morgen, kurz bevor die Sonne aufgeht. Ich beobachte ihn durch die halb geöffnete Dachluke vom Treppenhaus aus. Tief versenkt in seine Morgenmeditation sitzt er in der geöffneten Balkontür dem Steingarten zugewandt. Als er wenig später eilig das Haus verlässt, folge ich ihm trotz seines zügigen Schritts unbemerkt in den japanischen Garten. Jenseits aller Hektik verrichtet er sein allmorgendliches Ritual. Er fegt das Laub zusammen, reinigt das Schöpfbecken, besprengt Pflanzen, Wege und Trittsteine und wischt das Tor sowie die Bänke ab. – „Einen Teegarten betritt man erst, sobald der Garten gereinigt ist", erklärte meine Mutter einmal. – Als ich zögernd durch die Pforte in den Garten trete, empfängt Herr Ichigo Ichie mich fröhlich überrascht mit einem breiten Lächeln. Er gibt mir zu verstehen, für die Teezeremonie noch nicht vollkommen bereit zu sein und weist mir den Weg auf den Steg. Im Schneidersitz wende ich mich dem Teich zu, atme in ruhigen Zügen und hänge meinen Gedanken hinterher, während Herr Ichigo Ichie die letzten notwendigen Vorbereitungen für die Zeremonie trifft.

Herrn Ichigo Ichie in meiner Nähe zu wissen, verleiht mir Sicherheit. Ich fühle mich aufgehoben und nicht mir selbst überlassen. Mit der mir von ihm aufgetragenen Geduld richte ich meine Aufmerksamkeit im Moment der Stille auf die beständige Wiederkehr der Veränderung: das Werden und Vergehen, das Kommen und Gehen, das Auftauchen meiner Gedanken, die gleich Wolken an meinem inneren Auge vorüberziehen, oder das Aufwallen meiner Gefühle, die ich durch mich hindurchfließen spüre, denen ich eine Weile hinterherwinke, nichts ist von Dauer. Ich trinke den stärkenden Tee, den Herr Ichigo Ichie mir reicht, und genieße den Ausblick auf den Teich, eine die eindrucksvolle Landschaft Japans nachempfundene Miniatur.

Wo ist der Beginn? frage ich. Im Hier und Jetzt. Wo beginnen? – Ich liege auf dem Rücken im Gras, blicke in den tief blauen Himmel und schließe die Augen. Klarheit herrscht, jedes noch so leise Geräusch höre ich bewusst. Ich lausche dem Wind, dem Rascheln der Blätter hoch oben in den Baumkronen, ich höre einen Vogel zwitschern und lausche neugierig den zwei leisen Stimmen eines Pärchens, das nah an mir vorbeispaziert. Die Hupe eines an mir vorbeifahrenden Autos schreckt mich auf. Sanft streift eine kühle Brise über meinen Körper. Hinter meinen Lidern erstreckt sich die Dunkelheit, zwischen zwei Gedanken gähnt Leere, Nichts, weit dehnt sich dort die Zeit. Mit der Einkehr jedes Gedankens jedoch, fürchte ich, weilt der Beginn bereits weit hinter mir, auf andere Weise zu begreifen.

Zen ist, höre ich die Erklärung meiner Mutter. Sie steht hinter der Leinwand in ihrem Atelier und blickt auf ihren Sohn herab, der vor ihr auf dem Boden sitzt. Nichts ist gewiss, erklärt sie mir. All das, das kommt, das geht auch wieder. – Fasziniert haften meine Kinderaugen auf der vergilbten Kohlezeichnung, dem Jivan Mukta. – Wovon befreit? frage ich. Sich Dauerhaftigkeit zu verleihen, antwortet sie. In ihrem Ton schwingt Möglichsein. – Zen, fährt meine Mutter fort, kennt weder Anfang noch Ende. Zen ist Übung, ist der Weg, Tag für Tag.

Als Kind erlebte ich auf eine andere Art. Ich bilde mir ein, wahrhafter, spontan empfunden zu haben.

Das Neue, Unentdeckte, weckte meine Neugier, das Wissenwollen, die Wissbegier. Ob eine Blume oder ein Tier, ich fühlte mich im Begriff, mit beiden Händen danach zu greifen. Gebannt stand ich beim Anblick meines ersten steilen Berges in den Ferien in der Schweiz oder vor dem Durchschreiten meines ersten reißenden Gebirgsbachs. Noch senkten sich weder ein Wenn noch das Aber auf meinen ersten Eindruck, keine Bedenken nahmen Einfluss auf mein Urteil oder trübten meinen Verstand. Noch wies kein Pfad in die Irre. Ich fand Gefallen am Augenblick, ohne mir dessen bewusst zu sein. Da war das Ist, das Da-Sein. Ich erinnere mich fröhlich lachend, erfreute mich am sprudelnden Wasser, an einem an mir im Bach vorbei schwimmenden Blatt oder an einem von mir gebastelten Segelboot. Als Kind trieb ich im Fluss der Zeit, ohne diesem Umstand im Besonderen meine Aufmerksamkeit zu schenken. Mein Leben, das verstand sich noch von selbst.

Am Morgen sitze ich auf meinem Balkon und trinke einen Milchkaffee. Ein Latte Macchiato: ein doppelter Espresso in einem hohen Glas mit aufgeschäumter Milch. Jeden Morgen – wird mir bewusst–, bevor ich mein Tagwerk beginne, nehme ich mir die Zeit für ein Glas Kaffee. Ich bin überzeugt: Dies ist meine Teezeremonie. Mit einem Lächeln betrachte ich das Glas. Ich denke: Dieser Kaffee ist nie dagewesen. Wie dieser Moment wird dieser Kaffee nicht wiederkehren. –

Düster sind meine Erinnerungen, taub fühle ich mein Gemüt. Für eine Blumenwiese ist da kein Platz, noch spüre ich kaum die Freude, die ich empfand, sobald ich mich als Kind kopfüber den Wellen entgegen warf und mich von ihrer Wucht getragen an den Strand zurückspülen ließ. Ich öffne die Augen und richte meine Aufmerksamkeit auf *Das*, das da *ist*. Ich frage mich: Was hatte meine Mutter mir mit auf meine Reise gegeben? Womit hatte sie mich ausgestattet?

Rückblick: das Rüstzeug. – Am Nachmittag vor meiner Abreise bat meine Mutter mich auf einen letzten gemeinsamen Spaziergang. Ich dachte mir nichts Besonderes, sehe uns ein letztes Mal die Gartenpforte durchschreiten. Schweigsam gingen wir den schmalen Pfad hinter unserem Haus am Bach entlang, erreichten den Feldweg und setzten den Gang den Hügel hinauf in Richtung Wald wortlos fort.

„Die Natur", erklärte meine Mutter nach einer Weile, „enthält alles für mich Notwendige. Für alles finde ich eine Entsprechung. Daher wohl meine Vorliebe für sie." – Ich vergegenwärtige mir ihre Worte: Ihr Anblick, das Verweilen inmitten der Natur genügt mir vollkommen. Für all meine Stimmungen oder Überzeugungen finde ich Abbilder. Ich nenne diese Gegenstände, denen ich mithilfe meiner Kunst Ausdruck verleihe.

Setze ich mich mit meiner Staffelei inmitten die Natur, setze ich mich der Offenheit aus. Nach einem tiefen Moment der Stille öffne ich die Augen: Die Welt liegt brach vor mir, leer und unberührt, kein Urteil teilt die Welt in gut oder böse. Ein Windzug trägt die Ungewissheit durch die karge Weite. Zum Wesen der Wahrheit zählt die Offenheit. Die Aussicht, wie diese sich mir darstellt, begreife ich bodenständig, das Leben stelle ich mir als eine Reise vor, als ein fernes unerreichtes Ziel. Der Mensch begibt sich auf den Weg. Wiesen und Felder breiten sich zu beiden Seiten aus. Der Bach etwa verkörpert da die Lebenszeit, den sich durch die Landschaft schlängelnden Lebensfluss. Das Fließen steht stellvertretend für den immerwährenden Strom der Veränderung. Der Wechsel der Jahreszeiten kehrt die Vielfalt in die Welt: das Blühen und Verwelken, das Werden und Vergehen. Tag und Nacht, Sonne und Mond bestimmen den Rhythmus. Regen und Schnee verbinden Himmel und Erde. Und das Gebirge? Sitz der Götter, Symbol für Ewigkeit und Unveränderlichkeit? Auch der Anspruch auf Universalität befindet sich in Aufruhr, ist nicht ohne Zweifel.

  Die Reise führt durch Wälder, über die See, ins Felsgebirge. Wegweiser geben Orientierung. Auf Abwegen irrt da manch einer durch die Dunkelheit. Dem einen oder anderen wird die Gnade zuteil, auf seinen Pfad zurückzufinden. Das Wegkreuz mahnt den Wanderer. Der Tod führt ihm die unabänderliche Not vor Augen, mahnt zur Erinnerung und ruft den Einzelnen ins Leben zurück. Wegmarken nenne ich die besonderen Momente im Leben: Stationen, die mich während meiner Durchreise begleiten. Geburt, Kindheit, Ehe, der Tod. Ich strecke den Daumen in die Höhe, beobachte, wäge ab, ich bestimme das Richtmaß.

Meine Kunst aber ist nur der Versuch vom Ausdruck meines Begreifens. Ihm liegt das Verstehen, das konzentrierte Greifenwollen mit meinen Sinnen nach der Wirklichkeit wesenhaften Wahrheit zugrunde. Achtsam richte ich meine Sinne auf das, das da *ist*, das *Das*, das Da-Sein. Das Das aber befindet sich in einem steten Fluss, das Eine steht nie still, ich finde Das in einem immerwährenden Prozess der Veränderung. – Bemitleidenswert, jemandem zu begegnen, der sich mit aller Kraft dagegen stemmt. – Mein Begreifen, das die tiefe Kluft zwischen dem zu überwinden versucht, das da ist, und dem, das ich auszudrücken beabsichtige, verringert lediglich die stumme unaufhebbare Distanz einer sich stetig im Wandel befindenden Welt zum Einssein mit sich.

Schwierig wird das junge Leben, sobald die Erfahrung mit der Unendlichkeit verebbt und das Individuum vereinzelt sich mit seiner Endlichkeit konfrontiert sieht. Die Mäßigung siedelt zwischen Möglichsein und Notwendigkeit, für die Akzeptanz aber findet sich in jungen Jahren kein Platz. Die Akzeptanz der Umstände aber, die nicht zu ändern sind, das Bewusstsein von der Einheit der Vielfalt söhnt mich mit der Unvollkommenheit aus, zuweilen auch mit der Unzulänglichkeit meiner Mitmenschen. – Zen ist da nur eine Möglichkeit, Frieden zu finden. – Jedoch: Nie wird sich etwas vollkommen ereignen, wie dies deiner Vorstellung, deiner Erwartung entspricht. Nie ähnelt ein Mensch dem anderen, ist eine Gemeinsamkeit der Menschen ihre Unterschiedlichkeit. Hegst du keine Erwartungen, wirst du auch nie enttäuscht werden können. Bewahrst du dir deine kindliche Neugier, deine fröhliche Offenheit, einen klaren ungetrübten Blick, wird es dir gelingen, Momente in deinem Leben dem Jetzt zu widmen, das Vergangene zu beenden und dich dem Gewünschten zuzuwenden. Die Wirklichkeit als Sosein zu akzeptieren, beheimatet die Einsicht, Veränderungen nicht Not wendend herbeiführen zu wollen.

Ich bin überzeugt: In jedem Menschen schlummert die Anlage, dem Geheimnis des Lebens auf die Spur zu kommen. Das Geheimnis des Glücks zu ergründen, dafür wirst du jedoch dein Leben lang selbst verantwortlich, auf dich allein gestellt sein werden. – Nur eins noch: Ergründe auch diesen Pfad. Die Mühe wird sich für dich lohnen.

Mit dem Rüstzeug der Offenheit und dem Mut zum Tätigsein stattete meine Mutter mich aus. Ganz auf ihre Art erklärte sie mir, dass ihr Werk getan sei. Sie führte mich zu einer Weggabelung, durchschnitt das Band ihres Einflusses und schickte mich auf meinen mir eigenen Pfad in die Welt. An einem Morgen Ende September schließlich begriff ich: An jenem Tag stand ich früh auf. Das Wetter wirkte nicht einladend. Der Himmel war bedeckt, kühl pfiff der Wind über den Balkon. Ich trank meinen Latte Macchiato und sah hinunter auf die Straße. Unvermutet riss plötzlich über mir die Wolkendecke auf. Die Sonne leuchtete zwischen den düsteren Wolken auf und tauchte mich in ein helles warmes Licht. Ein Lächeln huschte über mein Gesicht. Nicht Trübsal, sondern Freude haucht dem Leben Sinn ein.

Ich zähle mich nicht zu den Nachtschwärmern dieser Stadt, insgesamt lebe ich mehr dem Tage zugewandt. Toni fiel meine Veränderung offenbar als Erste auf. Gewiss feire ich die eine oder andere Party. Ich verbrachte einige Nächte am Wochenende in einer der unzähligen Kneipen in den Seitenstraßen zur Reeperbahn. Den nicht enden wollenden politischen Diskussionen einiger meiner Bekannter jedoch und dem Saufen bis zur Bewusstlosigkeit, dem kann ich nichts abgewinnen. Auch zur Teilnahme an einer Demonstration oder ähnlichem konnte mich niemand ermuntern. Ich fühle mich nicht als Revolutionär, ich bevorzuge den Morgen, das frühe Aufstehen. Ich lese viel und gerne, verfolge zwei Ziele: arbeiten, um meine Existenz zu sichern, und versuchen, die Welt zu begreifen, zu verstehen, nach welchen Gesetzmäßigkeiten diese funktioniert. Mit Freude mein Tagwerk zu beginnen, darin ähnle ich meiner Mutter. Da klafft keine Kluft zwischen mir und dem, das ich zu tun beabsichtige. Ich bin überzeugt: Ich wähle mich selbst, für mich macht mein Tätigsein Sinn.

Meine Entscheidung: Nach meiner Reise spezialisiere ich mich auf die Restauration von Möbeln. Ich mache mich selbstständig, miete ein Ladengeschäft und richte in einem Hinterhof eine Werkstatt ein. Darin vereint sind die Kunst meiner Mutter und das Handwerk meines Vaters. Beide fühle ich in mir fest verankert: die Achtsamkeit, Kreativität und Gelassenheit meiner Mutter, die Zielstrebigkeit und das Interesse, die Disziplin und die Beharrlichkeit meines Vaters. Ich zimmere eine Bank und stelle diese vor das Geschäft auf den Gehweg. Dort trinke ich jeden Morgen meinen Kaffee und sehe den Tag erwachen.

Anna: Mit Sack und Pack stand sie Anfang November, an einem Freitagabend unvorhergesehen in der Tür vom Café Comunità. Ihren Rucksack – ihr einziger Besitz neben einem Laptop und einer Umhängetasche – trug sie noch auf dem Rücken. Eine gute Stunde zuvor war sie in Hamburg gelandet und ohne große Verzögerung mit der S-Bahn in die Innenstadt gefahren. Der Wind pfiff eisig vom Hafen den Geesthang hinauf und schob die Tür kräftig mit einem lauten Knall zu. Ganz selbstverständlich stellte sie ihren robusten Rucksack neben die Eingangstür, setzte sich zu mir an den Tresen und bestellte bei Michael ein Glas Wein.

„Hallo Anna", begrüßte Michael sie. „Auf Durchreise?" „Nicht ganz", entgegnete sie: „Ich befinde mich auf dem Weg ins Winterlager, muss das Frühjahr abwarten. Im Winter, solange der Boden gefroren ist, gräbt es sich schlecht."

Im Gespräch stellte Anna sich mir als Archäologin vor. Seit dem Frühjahr habe sie an einer Ausgrabung in Rumänien, im Donautal nahe dem Schwarzen Meer teilgenommen. Viel Geld sei dort nicht zu verdienen gewesen. Das Projekt werde von einer kleinen Stiftung in Belgien finanziert, die die Unterkunft, Verpflegung und ein Taschengeld zahle. Mehr eine ehrenamtliche Tätigkeit. Ursprünglich für vier Wochen geplant, habe sie seit über einem halben Jahr in der Wildnis in einem Zelt geschlafen, manchmal auch zu zweit. Anna lächelte. Ihr Gesicht sowie die Unterarme waren braun gebrannt. Die wochenlange Arbeit unter freiem Himmel sah ich ihr an. Die Erfahrung sei es wert gewesen, erklärte sie.

„Das trifft sich wunderbar", erklärte ich. – Ich erinnerte mich an das Amulett, das Lena um ihren Hals getragen hatte, griff nach Zettel und Stift und skizzierte grob den bronzefarbenen Anhänger. – „Kannst du mir sagen, um was für ein Symbol es sich hierbei handelt?" – Konzentriert blickte Anna auf die Zeichnung. – „Wo hast du das gesehen?" argwöhnte sie. Ich schwieg. Ich beabsichtigte nicht, Anna von Lena zu erzählen. – „Ich frage", erklärte Anna, „weil vor wenigen Monaten ein Amulett dieser Art unter nicht geklärten Umständen in einem archäologischen Institut in Frankreich abhandenkam. Ein bedeutsamer Fund. Mysteriös. Das Symbol dürfte dir so eigentlich nicht geläufig sein. Zumindest existiert in der Öffentlichkeit kein Bild. Dass du von ihm weißt, kann Zufall sein.

Vielleicht bist du dem Dieb begegnet, vielleicht existiert aber auch ein zweites Amulett. Das hier jedenfalls ist ein Symbol noch aus vor-indoeuropäischer Zeit. Möglicherweise stammt das Amulett ursprünglich aus der Schwarzmeerregion. Demnach dürfte es mindestens fünftausend Jahre alt sein, wenn nicht sogar älter. Das umgedrehte, nach unten gerichtete Dreieck steht für die Fruchtbarkeit, das Hakenkreuz für die lebensspende Kraft der Sonne sowie Ewigkeit. Ein Urmutter- und Ahnenkult, gewidmet der Fruchtbarkeit und Wiedergeburt. – Gemeinsam mit dem Amulett fand man eine Tontafel in Keilschrift. Die Datierung war bisher leider nicht möglich. Vermutet wird aber eine Herrscher- oder Ahnenliste, wenn nicht sogar eine Darstellung der Schicksalstafel. Gemessen an der Tatsache, dass die ältesten, aller bisher gefundenen sumerischen Tafeln um 2700 v. Chr. entstanden sind, könnte es sich um einen nicht zu bezahlenden Artefakt handeln."

Anna erzählte von sich, von ihrer Vorliebe für die Vor- und Frühgeschichte, von ihrem Studium in Hamburg. Sie wuchs in Hamburg Barmbek auf, besuchte dort das Gymnasium. Als Kind bereits vertrieben ihr Vater und sie sich an regenreichen Tagen die Stunden in den verschiedenen Museen der Stadt. Für das Völkerkundemuseum ließ sie sich schnell begeistern. Einen Besuch im Pergamonmuseum, den wünschte sie sich von ihrem Vater zu ihrem Geburtstag.

Das Orakel von Delphi lernte sie als Teenager kennen, als sie diesem während eines Urlaubs in Griechenland einen Besuch abstatteten. Die Kultstätte, deren Ideen bis heute nicht an Aktualität einbüßten, – „Erkenne dich selbst. Die Frage nach dem Sein des Menschen." – webt bis heute gleich einem roten Faden die Geschichten.

„Bei sich selbst soll man immer in allem das Maß sehen", zitierte Anna Pindar. „Meine Seele", erhob sie ihre Stimme: „Die Unsterblichkeit begehre nicht! Das Mögliche schöpfe aus deiner Tätigkeit! – Was ist einer? Was ist einer nicht?"

Platon fragte nach dem Sinn vom Sein und gelangte zu der Einsicht, nicht zu wissen. Das Gilgamesch-Epos gelangte bereits zu der Einsicht, das Bewusstsein vom Tod verleihe dem Leben seine Bestimmung. – „Diese Erkenntnis", erklärte Anna, stelle nicht mehr Wissen bereit als die Entdeckung der Existenzphilosophie im 20. Jahrhundert, der Sinn vom Sein sei die Zeit. – Die Frage gipfelt nunmehr in dem Versuch seitens der Neurologen, die einer Antwort auf der Spur mit Hilfe der Technik Schicht für Schicht das menschliche Gehirn freilegen.

Delphi beherbergt die kritische Selbstbefragung, die Erinnerung an und die Deutung des eigenen Schicksals: „der Beginn." – Es handelt sich um einen mystischen Ort, wo durch die Prophezeiung das Göttliche als die in Harmonie vereinigten Gegensätze apollonischer Klarheit und Erkenntnis sowie dionysischer

Selbstvergessenheit Einkehr in der Seele erhält und dem Menschen den Blick in eine höhere, für sich seiende Welt gewährt.

Anna entdeckte bereits als Jugendliche die arabische Geschichte. Sumer, Assyrien und Babylonien, die vierte Großmacht neben Ägypten, dem Mittanistaat und dem Reich der Hethiter. Der Handel der Metropole Babylonien, deren Einwohnerzahl eine Million betragen haben dürfte, reichte bis in das heutige Indien oder an die Ostsee. Schon die damaligen Handelsdynastien machten ihren Einfluss auf die Politik der Herrschenden geltend. Die Hauptstadt Akkad wie auch die Hauptstadt vom Mittanistaat Waschukanni wurden bis heute nicht gefunden. Sie nannte Kulturen, deren Namen ich zum ersten Mal hörte: Amurriter, Kassiten und Chaldäer. Sie erzählte vom Mäander, von Zeugung, Fruchtbarkeit und Unsterblichkeit, von der Völkerwanderung, der Durchmischung der Kulturen, von durch die Jahrhunderte gleichbleibenden Archetypen und Artefakten sowie der sagenumwobenen Tell Halaf-Zeit, deren Figuren und Keramik möglicherweise die letzten Zeugnisse ihrer Zeit darstellen. Auf ihrer Suche nach einer kulturellen Urheimat landete sie nach Jahren schließlich in der Ukraine bei den Skythen und stieß dort in der südrussischen Steppe auf die Ursprünge der indoeuropäischen Kultur, eine Nomadenkultur, die seit wenigen Jahren erforscht wird.

Fasziniert lauschte ich ihrem Bericht. Anna erzählte mir von ihrem Alltag während der Ausgrabungen, den gemeinsamen Abenden rund um das Lagerfeuer, der Ruhe dort in der Wildnis und ihrem Glück. – „Das für sich genügt mir." – Ich war bisher keinem Menschen begegnet, dem Besitz überhaupt nichts bedeutete. Während ihres Studiums hatte Anna in bescheidenen Verhältnissen in einer Wohngemeinschaft in der St. Pauli Hafenstraße gelebt. Dort wohnte sie einige Jahre in einem Zimmer mit Blick auf den Hafen. – „Eine verrückte Zeit. Turbulent, wüst und wild." – Nachdem sie ihr Studium abgeschlossen hatte, trennte sie sich von allem für sie nutzlosen Ballast. Gleich einem Zimmermann schnürte sie ihr Bündel, besaß fortan einen Rucksack, eine Tasche und ihr Laptop. Nach mehr verlangte sie nicht. Sucht sie Ruhe, genügt es ihr, sich irgendwo auf den Rücken zu legen und in den Himmel zu blicken. Sie liebt die tiefe klare Nacht, den Sternenhimmel. – „In Hamburg", erklärte sie, „suchst du vergebens nach einem klaren Sternenhimmel. Die Lichter der Stadt leuchten zu hell. Ganz wie die Menschen hier. Der Alltag deckt gleich einem Schatten all ihre Träume zu. In ihrer Betriebsamkeit gönnen sie sich kaum eine Pause zum Verschnaufen."

Annas Erzählungen entführten mich in eine mir neue Welt, eine Welt, die ich nicht als fremd empfand. Das Beeindruckende: das Erstaunen. Die Einsicht: Nichts ist, wie *Das ist*. Das ist, was Das zu sein scheint. Das könnte immer anders sein. – Die Entdeckung einer bis vor wenigen Jahren nicht entdeckten Kultur, wie die der Donauzivilisation, die ihre Blütezeit um 5000 –

3500 v. Chr. erlebte, und ihrem Einfluss auf die griechische Kultur widerlegt so manche Hypothese und schafft neue Annahmen. Die Menschen verfügten zu jener Zeit bereits über eine eigene Schrift. Sie lebten in Städten und bauten Tempel. Sie kelterten Wein, stellten Textilien her und verarbeiteten Metall in eigens dafür entwickelten Brennöfen. Das Indoeuropäische galt als die Sprache der politisch Herrschenden und wurde als Instrument ihrer Macht eingesetzt. Der Goldschatz von Varna wird auf 4500 v. Chr. datiert. Er enthält die ältesten bisher bekannten, aus Gold gehämmerten Artefakte. – Im Gespräch öffnete Anna eine Tür in eine verborgene, mir neue und unerschlossene Welt hinter dem Horizont.

„Jetzt aber mal etwas ganz anderes!" Anna wandte sich Michael zu: „Du! Michael!" rief sie. „Ist die kleine Wohnung unterm Dach zurzeit vermietet?" „Ist sie. Da hast du Pech", antwortete er. „Vielleicht aber auch nicht." Er grinste: „Jan wohnt dort momentan", und zeigte auf mich. „Frag ihn, ob er dich in seinem Flur schlafen lässt!" – Anna sah mich an: „Dann wirst du mich wohl für einige Tage aufnehmen müssen", meinte sie halb als Scherz und stieß mich sanft in die Seite. „Ist auch nur so lange, bis ich etwas anderes zum Überwintern finden werde. Nächste Woche muss ich sowieso weiter nach Brügge."

Als ich zahlte, zückte Anna ihre Geldbörse. – „Du gehst auch?" fragte ich. „Sicher. Ich komme mit zu dir!" – Ich war verwirrt. Michael, der meine Verunsicherung bemerkte, lachte: „Nimm Anna ruhig mit!" munterte er mich auf. „Du kannst ihr vertrauen. Das ist nicht das erste Mal, dass sie sich auf diese Weise ein Quartier erschleicht. Sie stiehlt nicht, macht keinen Dreck und ist darüber hinaus viel zu beschäftigt, dich zu nerven." – Als Anna zahlen wollte, winkte Michael ab: „Lass gut sein Schatz! Das geht auf mich. Schön, dass du gesund und munter zurück bist."

„Ich schlafe in der Küche", erklärte Anna und breitete ihren Schlafsack aus. „Unbequeme Nachtlager bin ich gewohnt." – Ihre Worte klangen noch nach, als plötzlich ein Schatten in der Dunkelheit neben meinem Bett auftauchte. Ohne ein Wort rutschte sie unter meine Decke und kuschelte sich mit ihrem warmen Körper an mich heran. – „Nach über einem halben Jahr unter freiem Himmel hättest du mir ruhig aus eigener Veranlassung ein bequemes Plätzchen in deinem Bett anbieten können", beschwerte sie sich. Sie legte ihren Arm um mich. Ich lachte.

Wir verbrachten den gesamten Vormittag im Bett. Als Anna schließlich aufstand, um sich in der Küche ein Glas Wasser zu holen, blieb sie plötzlich auf halber Strecke mitten im Zimmer stehen. Ihr Blick blieb auf Lenas Zeichnung haften. Vielsagend pfiff sie leise durch ihre Zähne. – „Sieh einer an!" äußerte sie mir ihren Rücken zugewandt: „Ein originaler van de Velde. Welch seltener Besuch suchte dich heim?" Sie lächelte süffisant. „Respekt! Ein Schmuckstück. Das ist wirklich eine Seltenheit."

Die folgenden Tage nistete Anna sich bei mir ein. Ich verabschiedete mich am Montag früh morgens, um zur Arbeit zu gehen. Sie hingegen blieb im Bett liegen. Am späten Vormittag schließlich setzte sie sich an meinen Tisch, klappte ihr Laptop auf und begann mit der Auswertung der Ausgrabungen. Erste Ergebnisse wünschte sie eine Woche später in der Stiftung in Belgien zu präsentieren.

Gleich am Samstagnachmittag, kurz nachdem wir miteinander geschlafen hatten, erklärte Anna, eine feste Beziehung für keine gute Idee zu halten, daran sei sie nicht interessiert. Das Projekt ruhe für die Dauer der kalten Jahreszeit, sie plane, im Frühjahr wieder nach Rumänien zu reisen. Bis dahin werde sie von Ort zu Ort reisen, ohne sich im Einzelnen festlegen zu wollen. – Noch so eine Besucherin, dachte ich bei mir. Ich vermochte mich nicht gegen meinen Eindruck zur Wehr zu setzen, als befänden sich alle Frauen auf der Durchreise, die meinen Weg kreuzten. Zu Gast. Verrückt. Das Abenteuer auszuschlagen, zeigte ich mich aber auch nicht bereit.

Exkurs. Eine Recherche: Schicksalstafel. – Im Internet lese ich über die Götter des Alten Orients: *Enlil*, der Schöpfergott, gilt als das Oberhaupt des sumerischen Pantheons. Er stammt ab von *An*, dem Himmelsgott, und *Uraš* (Erde), seiner Gemahlin. *Enlil* trennte Himmel und Erde, die einst aus dem Urmeer aufgestiegen waren. Er verwaltet die Weltordnung, er besitzt die Tafel der Schicksale.

An zur Seite steht *Inanna*, Göttin der Venus. Sie steht stellvertretend für die Weiblichkeit aber auch für den Kampf. Einst versuchte sie *An* den Himmel zu rauben. Mit *Ereškigal*, Hüterin über die Unterwelt *Kurnugia*, stritt sie um die Herrschaft über das Reich der Finsternis. *Nergal*, der Gatte der Unterweltsgöttin, übt die männliche Herrschaft über die Unterwelt aus, die in einer Totenbarke mit dem Überqueren vom Unterweltfluß *Hubur* zu erreichen ist. *Namtar*, das Schicksal, ist sein Bote: der Todesgott.

Nanna ist der Mondgott, Sohn von *Enlil*, und auch Unterweltsrichter. Den Mond dachten sich die Sumerer als ein Boot, das den Himmel überquert. *Utu* ist der Sonnengott, *Girra* der Feuergott und *Išhara*, die Muttergöttin, Göttin der Fruchtbarkeit, ist seit dem 24. Jh. v. Chr. nachgewiesen.

Am Freitagmorgen schließlich, nachdem Anna und ich einige aufregende Abende miteinander verbracht und das Bett mehrere Nächte lang geteilt hatten, fragte sie zu meiner Überraschung, ob ich sie nach Brügge begleiten wolle. – „Gerne", erklärte ich, ohne lange darüber nachzudenken. „Zurück nach Hamburg müsstest du allerdings alleine fahren!" gab sie mir zu bedenken, sie würde dort etwas länger bleiben müssen. „Kein Problem", antwortete ich prompt und genoss insgeheim die mich erwartenden Nächte. – In der

Firma bat ich um einige Tage Urlaub. Am Nachmittag packte ich meine Tasche.

Ich schlug vor, mit dem Transporter zu fahren, den ich mir aus praktischen Gründen wenige Wochen zuvor gekauft hatte. Anna war begeistert. Mit dem Auto brauchten wir die Route nicht bis ins kleinste Detail zu planen. Umwege waren durchaus möglich. Wir waren auf uns allein gestellt und wählten ganz nach unserem Belieben. Noch am Abend starteten wir in die Nacht. Die Autobahn würde frei sein und wir auf diese Weise einige Kilometer schneller zurücklegen können als am Tage.

Die Seidenstraße. Anna erzählte, während ich fuhr und interessiert schwieg. Sie berichtete von den beschwerlichen Transportwegen, über die die Waren transportiert wurden, den Karawansereien mit ihren Schlafräumen, Gaststuben, riesigen Lagern und Verkaufshallen, dem dort stattfindenden Austausch an Gütern, aber auch an Neuigkeiten, Erfahrungen und Weltanschauungen. Kompass und das Schießpulver stammen aus China, in Europa wurden sie lediglich weiterentwickelt. Das Mongolenreich mit seinem umfassenden Kurierdienst reichte vom Chinesischen Meer bis zur Ostsee. Die Moschee von Samarkand erinnert an eine weit zurückreichende Zeit. Die ethnischen sowie religiösen Unterschiede hätten kaum vielfältiger sein können. Feueraltäre entlang der Route sind stumme Zeugen vom Zoroastrismus. Der Buddhismus suchte sich seinen Weg nach China schließlich über die Pfade der Seidenstraße. Mit der Verbreitung des Islam verloren die Kultstätten längst vergessener Religionen, wie etwa die des Manichäismus oder Nestorianismus, an Bedeutung. – „Wusstest du, dass der Bernstein aus der Ostsee in Ägypten wertvoll wie Gold gehandelt wurde?" fragte Anna mich. Ihre Begeisterung war nicht zu überhören. In all ihren Erklärungen vernahm ich Wissensdurst, klang ihr Entdeckergeist. „Der Goldschatz von Gessel, gefunden im Niedersächsischen", fuhr sie fort, „ist 3500 Jahre alt und 1,8 Kilogramm schwer." Die Wissenschaft vermutet, das Gold stamme aufgrund seiner Zusammensetzung aus Zentralasien, Afghanistan. Beeindruckend über welche Entfernung bereits 1400 v. Chr. gehandelt worden sein muss. Funde belegen, dass Mykene als Handelsplatz Beziehungen nach Syrien, in den Alten Orient oder nach Ägypten unterhielt. Der Bernstein gelangte auf diesem Weg in die fernen Länder. Weiter wird vermutet, dass Mykene sein Zinn im heutigen England, in Cornwall erwarb. Aber auch im Mecklenburgischen wurde Seide gefunden, Perlen, deren Glas ursprünglich aus dem Osten am Mittelmeer stammen könnte. – „Man fand Wagenspuren, schätzt das Alter auf Mitte 4. Jahrtausend v. Chr., und Silbermünzen aus Byzanz! Faszinierend. Oder etwa nicht?" Ihre Augen funkelten.

Auf halber Strecke stoppten wir kurz vor Mitternacht in Aachen. Anna kannte in der Stadt eine ehemalige Kommilitonin, die dort in einer Stiftung eine Stelle gefunden hatte. Ohne Umschweife führte diese uns in das Gästezimmer ihrer Wohnung: „Lass uns morgen quatschen!" bat sie Anna. „Es ist spät!" – Leise rollten wir unsere Schlafsäcke aus und legten uns schlafen. Am Vormittag weckte mich Anna begeistert: „Komm Jan! Ich wette, dass Karo Frühstück gemacht hat." – Etwas verschlafen stand ich auf. Ich duschte und ging im Anschluss in die Küche, wo Anna und Karo bereits munter am bunt gedeckten Tisch saßen. In ihre lebhafte Unterhaltung fand ich nicht sofort hinein. Ich konzentrierte mich auf mein Brötchen. Sie unterhielten sich über ihren Alltag, die Ausgrabungen in Rumänien, erzählten mir übereinander alte Geschichten und gemeinsame Erlebnisse. Ein netter, geselliger Morgen, entschied ich.

Kurz nach Mittag mahnte Anna zum Aufbruch. Wir bedankten uns herzlich. Karo lächelte. – „Ich weiß nie, wann sie mich besucht", erklärte sie mir amüsiert. „Ich weiß aber, dass sie irgendwann vorbeikommen wird. Ist sie dann hier, genieße ich mit ihr jede Stunde."

Auf der Weiterfahrt nach Brügge erzählte Anna von den Skythen, Reiternomaden, die vom 9. Jh. bis ins 2. Jh. v. Chr. die Steppen im nördlichen Schwarzmeerraum der heutigen Ukraine besiedelten. Ursprünglich breiteten sie sich östlich des Urals aus dem Süden Sibiriens und dem nördlichen Rand Chinas bis in das Karpatenbecken aus, bevor sie von den Sarmaten verdrängt wurden. Es handelte sich um ein Volk, das keine Götter anbetete, das einen Kriegsgott, verkörpert durch ein Schwert verehrte, das aufgrund seiner rauen Sitten und Gebräuche seine Feinde skalpierte und deren Blut trank. Ihre Fürsten bestatteten sie in Kurganen, Grabhügeln, in denen sensationelle Funde geborgen wurden: Waffen, Gold und Kleidung bis hin zu mumifizierten Leichen. Lange vor den Skythen siedelten in diesem Gebiet die Indoeuropäer.

Auf mich wirkte Anna wie aus der Zeit hinausgetreten. Offenbar erlebte sie die Gegenwart auf eine andere Weise. Für sie selbstverständlich sprach sie von der Bronze- und Eisenzeit, dem Industriezeitalter, sprach von Agrarkultur und Dienstleistungsenklaven. – „Du denkst Zeit in einer uns nicht gebräuchlichen Dimension, oder?" mutmaßte ich. Überrascht sah mich Anna an. Sie kniff die Augen etwas zusammen und nickte. „Das kann sein. Zumindest bewege ich mich in Zeiträumen, da betrachte ich mein Leben nicht mehr als nur einen flüchtigen Moment. Das Leben: ein Kommen und Gehen. Ich nehme mich nicht wichtig, wie ich anderen, oft auch tagespolitischen Ereignissen für gewöhnlich nicht mehr Bedeutung zumesse als der einer Eintagsfliege. Eine Spur werde ich nicht hinterlassen und auch nie einen Anteil an der Unsterblichkeit haben."

Ich konzentrierte mich auf das Fahren und hörte Anna aufmerksam zu: Sprachveränderungen, die Durchmischung der Kulturen, Assimilation als Anpassung in gegenseitigem Einverständnis, Mehr- und Zweisprachigkeit. Es handelte sich für sie um vollkommen gewöhnliche Entwicklungen, die sich in einem engen Verhältnis zu Transport- und Kommunikationsmöglichkeiten ereigneten. – „So gesehen könnten wir heute behaupten, dass das Englische die Sprache der herrschenden Klasse ist", spekulierte ich. „Zumindest wird dieser Sprachzweig des ehemals Indoeuropäischen inzwischen auf der gesamten, für uns erreichbaren Welt gesprochen." – Ich grübelte aber auch über die Frage, wie es Anna gelang, mit der Lebensart zufrieden zu sein, die sie gewählt hatte. Sie war ja nicht unglücklich.

„Was geht dir durch den Kopf?" fragte sie nach einer Weile. „Ich stelle mir ernsthaft die Frage, welche Überzeugung deinem Denken zugrunde liegt, mit deiner Lebensweise zufrieden zu sein." „Warum?" fragte Anna erstaunt, „mein Leben ist doch nicht langweilig." „Das meine ich nicht. – Wie gelingt dir dies trotz deines auf das Notwendigste reduzierten Lebensstandards." „Wie ich so leben? Wie ich mit wenig zufrieden sein kann?" Anna lächelte süffisant: „Das ist eine wirklich persönliche Frage."

In meinem kurzen Leben, erklärte Anna nach einigem Schweigen, bin ich mehr als einigen wenigen Menschen begegnet, deren Motivation für ihr Handeln keine Überzeugung zugrunde liegt. Fremdgesteuert folgen sie mehr ihrer emotionalen Befindlichkeit. Angst ist ein Schlüsselwort, Furcht. Ihr gesamtes Denken dreht sich um Besitz, Status, Aussehen, und das alles im Vergleich zu anderen, ihren Nächsten und oder auch Verwandten. Dem eigenen Leben Wahrhaftigkeit zu verleihen, das erachten sie nicht für notwendig, geschweige dass sie eine vage Ahnung davon hätten.

Nichts ist sicher. Jede Beziehung, alle Absprachen, jeder Vertrag sind kündbar. Ständig stehen die Antennen nach *mehr* ausgefahren, um zu genügen, dazuzugehören, Anerkennung zu ernten. *Ich.* Die Sehnsucht eine andere Persönlichkeit darzustellen, die Unfähigkeit zur Selbstakzeptanz, Dankbarkeit, die Angst vor dem Missverstehen, das eine Beziehung gefährden könnte, die zu mehr Ansehen verhelfen würde. Neid, Vorurteile, *ratrace.* Verständnislos schüttelte sie den Kopf. Ich aber mache da nicht mit. Für solch Dinge habe ich keine Zeit. Erkenne dich selbst, erinnerte sie mich an unser erstes Gespräch in Hamburg. Wähle! Stehe für das ein, das du für richtig erachtest. Es wäre eine Schande, würde ich mein Möglichsein versäumen.

„Ich widme meine Zeit lieber der Neugier", fuhr sie fort, „meinem Staunen und meinem Interesse. Ich entdecke und berge Verborgenes, das für uns noch zu Entbergende. Das bereitet mir Freude. Das aber müsstest du doch gut verstehen. Du beabsichtigst doch auch, deinen Rucksack zu packen und mit wenig zurecht zu kommen."

„Und wie ging das los?" bohrte ich nach. Anna lächelte. Nach einer weiteren Weile erklärte sie: Eigentlich eher unbeabsichtigt. Mein Freund betrog mich. Ich befand mich mitten im Examen, hatte wenig Zeit für ihn. Ich bat ihn um etwas Geduld. Die aber hatte er nicht. Stattdessen vertrieb er sich die Zeit mit anderen Frauen, bis ich im Badezimmer eine Haarklammer fand. Trotzdem zog ich mein Examen durch. Meine Träume in Gemeinsamkeit warf ich über Bord. Aus der gemeinsamen Wohnung zog ich noch an dem Tag aus, an dem ich meine Ergebnisse erhalten hatte. Ich packte meinen Rucksack, nahm mein Laptop, meine Umhängetasche und verließ ihn, ohne mich zu verabschieden. Ich erlebte das Nichts, ich überlebte es. Seitdem zog ich eine feste Beziehung nicht wieder ernsthaft in Erwägung. Mein Leben genügt mir so. Ich finde es großartig. Es ist zwar bescheiden und voll Entbehrung, eins aber bestärkt mich: Ich für mich wähle mein Möglichsein. Niemand trifft meine Entscheidung anstatt meiner. Ich führe ein Leben ganz nach meiner Vorstellung, unabhängig, jenseits der Grenze alles Gewohnten und Vertrauten, fühle mich wie auf Grenzgang: eine Grenzgängerin.

In Belgien wurde ich auf die Ausfahrt nach Gent aufmerksam. – „Würde es dir etwas ausmachen, wenn wir in Gent eine kurze Pause machen?" fragte ich Anna. „Nein", entgegnete sie erstaunt. „Warum? Hast du ein bestimmtes Ziel?" „Ich möchte mir den Genter Altar ansehen", erklärte ich. „In Ordnung", sagte sie. „Der ist immer eine Besichtigung wert." – Ich war begeistert. „Im Grunde genommen ist das keine schlechte Idee", erklärte sie: „Kennst du Gent überhaupt? Wir benötigen bis Montag nämlich noch eine Unterkunft. In Brügge werde ich vor Montag nicht erwartet. Und in Gent weiß ich eine Möglichkeit, wo wir Unterschlupf finden können. Ich bin überzeugt: Die Stadt wird dir gefallen." – Kurzerhand zückte Anna ihr Telefon und rief eine weitere Freundin an. – „Elena", erklärte sie, „Sprachwissenschaftlerin. Expertin für Sprachen aus dem Alten Orient. Zurzeit ist sie an der Universität angestellt." – Da Elena noch bis in den Abend hinein im Institut beschäftigt sein würde, vereinbarten sie ein gemeinsames Abendessen in einem Lokal nahe der Universität. Wenig später verließen wir die Autobahn.

Zielsicher lotste Anna mich durch die engen Straßen von Gent. Es ging über Kopfsteinpflaster und Straßenbahnschienen in eine Seitenstraße, wo wir nicht weit von der Innenstadt entfernt einen Parkplatz nahe der Burg *Gravensteen* fanden. Von dort aus setzten wir unseren Weg zu Fuß fort. Über den Freitagsmarkt am *Stadhuis* vorbei gingen wir zur Kathedrale St. Bavo, der *Sint-Baafskathedraal*, einem mächtigen, gotischen Bauwerk. Dort, in der Taufkapelle, in der sich die Besucher drängten, steht das Triptychon, die Anbetung des Lammes Gottes, einzigartig in seiner Art, die Ölfarbe auf Eichenholz aufgetragen, vollendet im Jahre 1432, sicher hinter Panzerglas verwahrt. Ich erkannte Adam und Eva, die Jungfrau Maria und Johannes den Täufer. – „Im Zentrum des Altars", erklärte

Anna, „siehst du die Opferung des Lammes aus dem Buch der Offenbarung." – Wir setzten uns auf eine Bank an der Rückseite der Kapelle. Das Licht im Rückraum der Kapelle war gedimmt, der Altar hingegen hell ausgeleuchtet.

„Worin besteht die Besonderheit des Altars?" fragte ich Anna flüsternd. „Weißt du das?" – Aus dem Augenwinkel heraus meinte ich für den Bruchteil einer Sekunde das Flackern eines gefälligen Lächelns zu erkennen. – „Nicht eine, viele Besonderheiten. Schau den außergewöhnlichen Glanz der kraftvollen bald sechshundert Jahre alten Farben der Gewänder, die präzise Darstellung der Skulpturen, die Treue zum Detail. Sieh dir die Natur im Hintergrund an, die Verzierungen der Kleidung, die Edelsteine und die Krone der Jungfrau Maria, das feine Haar der Eva. Allein die in aufwendigen Verfahren erforderliche Herstellung der Farben war ein gut gehütetes Geheimnis. Ein Betriebsgeheimnis sozusagen, das nur wenigen Eingeweihten anvertraut wurde. Die Maltechnik ist bis heute nicht endgültig entschlüsselt, van Eycks Leben bis heute in einigen Lebensabschnitten ein Geheimnis. Das Malen in jener Zeit war keine Kunst, wie wir diese heutzutage als Selbstzweck begreifen, sondern ein Handwerk."

Inhaltlich wendet sich der Altar der Erlösungsgeschichte in ihrer Gesamtheit zu, dem Glauben und der Hoffnung auf Befreiung und Erlösung von allem Bösen, von Ungerechtigkeit und Unterdrückung. Beginnend mit dem Sündenfall und dem Brudermord, verkündet er die Ankunft des Erlösers und Messias und gipfelt im Gericht am jüngsten Tag.

In stiller Betrachtung suchte ich das Bild zu entschlüsseln, suchte ich nach einer weiteren Außergewöhnlichkeit. – Am jüngsten Tag sind alle Menschen ohne eine Ausnahme vor Gott gleich. Ohne Rücksicht auf ihre Herkunft, auf Stand oder Nationalität treten sie vor ihren Schöpfer. Ob reich oder arm, ob gläubig, ungläubig oder anders gläubig, alle kommen sie: die Pilger und Eremiten, die gerechten Richter, Ritter und weltlichen Fürsten, Kardinäle und Päpste. Am jüngsten Tag herrscht die Gleichheit. – „Im Hintergrund vermuten wir die Stadt Gent", erklärte Anna, „so dass wir den Eindruck gewinnen, van Eyck rücke den jüngsten Tag in die Zeit des fünfzehnten Jahrhunderts." – Der Fortschritt: die erlösende Erkenntnis der Gleichheit. Das Wagnis: Göttliches und Weltliches in ein Verhältnis zueinander zu setzen.

„Der Anblick von dem Altar setzt meine Phantasie in Bewegung", fuhr Anna fort. „Mit dem Betrachten alter Kunstwerke begebe ich mich auf die Reise in eine andere Zeit. Ich betrete einen Raum ungeklärter, oftmals nicht oder nur annähernd zu klärender Fragen. Das aber beunruhigt mich nicht. Ganz im Gegenteil: Ich akzeptiere den Umstand, unter Umständen nie eine Antwort auf meine Fragen zu erhalten."

„Allein wegen der Farben wünschte ich den Altar zu besuchen", unterbrach Lena meine Gedanken. „Nicht eine Fotografie vermag das außergewöhnliche Leuchten einzufangen", erklärte sie mit Nachdruck. – Ohne sie zu bemerken, drängte Lena sich in mein Denken: „Nun weißt du, warum ich den Altar vorzugsweise im Original zu betrachten wünschte. Hättest du den Altar lieber mit mir angesehen? Und mit mir die vergangenen Tage und Nächte verbracht?" – Ich wähnte Lena ganz in meiner Nähe, dicht neben mir. Den Hauch ihres Atems spürte ich kühl an meinem Ohr. Verschmitzt lächelte sie mich an. – „Lass mich in Ruhe!" schimpfte ich wütend. „Hau bloß ab!" – Anna erschrak neben mir. „Wen meinst du?" fragte sie sichtlich irritiert.

Wir verließen die Kapelle und entschieden uns, die Kathedrale etwas näher anzusehen. Mich beeindruckten die stützenden Säulen, das hohe Gewölbe, das sich gleich einem Baldachin über das Kirchenschiff spannte, der Hochaltar sowie die Seitenkapellen. Statuen und Ölbilder zierten die Wände. Das Sonnenlicht drang durch farbenprächtige Kirchenfenster. Im Anschluss führte mich Anna zum nah gelegenen *Korenmarkt*, dem Ensemble von *Sint-Michielskerk* und *Sint-Niklaaskerk* und von dort aus weiter zum *Graslei* und *Korenlei*, dem Mittelpunkt des Hafens. Ich war entzückt von den prachtvollen, alten Häusern aus dem ausgehenden Mittelalter, ihren Giebeln und anderen jüngeren Backsteinbauten in der Altstadt. Die Häuser der Gilden spiegeln den ganzen Stolz der Stadt wieder. Sie stehen als Zeugen für den Wohlstand und die

Macht einer Stadt, die ihren Reichtum dem Handel verdankte.

„Ein Besuch des Museums für Schöne Künste lohnt sich", erklärte Anna. „Die Ausstellung enthält einige Werke europäischer Meister vom 14. bis zum 20. Jahrhundert. Flämische Malerei selbstverständlich, Hieronymos Bosch, Rubens, van Dyck, Pieter Brueghel. Das Museum befindet sich etwas außerhalb am *Citadel*park. Ich fürchte allerdings, dass für einen Besuch die Zeit nicht ausreichen wird." – „Ist es nicht ein besonderes Ereignis", schlich sich Lena erneut in mein Denken, „durch die ruhigen Säle in einem Museum zu schreiten, vor den alten Meistern zu verweilen und seinen Gedanken nachzuhängen?" – Ich war überzeugt: Nicht ein Strich würde mir so gelingen, wie diese Meister zu malen begabt waren.

Spät in der Nacht verlangte Anna schließlich eine Erklärung. „Irgendwie bist du heute merkwürdig", meinte sie. „Anders als sonst. Willst du mir das erklären?" fragte sie vorsichtig. – Mir war bewusst, Anna eine Erklärung schuldig zu sein. Auch während des Essens mit ihrer Freundin Elena war ich zeitweilig abwesend gewesen. Elena nahm uns mit zu sich in ihre Wohnung. Das Vorgehen war mir nicht unbekannt und auch nicht unangenehm. Ich wusste ja, dass Anna sich auf diese Weise seit Jahren über Wasser hielt. Darüber hinaus freute sich Elena über Annas Gesellschaft.

„Seit einigen Wochen verfolgt mich eine ganz dumme Geschichte", begann ich Anna die Hintergründe zu erläutern. „Mit dir hat das nichts zu tun." Ich erzählte ihr von meinem zufälligen Zusammentreffen mit Lena, von unserem gemeinsamen Tag und der miteinander verbrachten Nacht. Ich erzählte ihr von ihrem grußlosen Verschwinden, aber auch von den seither geführten Dialogen in Einsamkeit. – „Daher auch das Symbol. Das Amulett. Lena hatte es getragen, nicht wahr?" Ich stutzte. „Du hast wirklich keine Ahnung, oder?" bohrte Anna nach.

Ich erinnere ihre Erklärung: Die van de Veldes zählen zu den wenigen wirklichen Kosmopoliten. Nationalstaatliches oder provinzielles Denken ist ihnen fremd. Ihr Handelsnetz erstreckt sich über die gesamte Welt. In beinahe jeder Metropole haben sie Niederlassungen und sind in bald jedem finanzstarken Land beheimatet vergleichbar mit den alten Handelsdynastien entlang den Routen der Seidenstraße. Das hinterlässt natürlich Spuren in ihrem Verhältnis zu Toleranz und ihrem Anspruch einer universal begründbaren, global verfassungsgemäßen Ordnung. Die gesamte Familie ist sehr gebildet, elitär, aber auch sehr gefährlich. Es handelt sich um mächtige, einflussreiche Menschen, Händler, die sich ungern in die Karten blicken lassen. Ihr Handeln ist nicht immer mit unseren moralischen Maßstäben oder Vorstellungen rechtstaatlichen Handelns in Einklang zu bringen. Sie berufen sich auf Traditionen und greifen auf Erfahrungen zurück, deren Wurzeln in den vergangenen Jahrtausenden auszumachen sind.

Gegenwärtig werden Vermutungen geäußert, die Handelsdynastie habe eine Parallelwelt geschaffen, auf die nur vereinzelt Eingeweihte Zugriff hätten. Anna erzählte, ein ihr bekannter Hacker, ein alter Freund, der sich während ihrer gemeinsamen Studentenzeit in jedes System schleuste, suchte vergeblich nach einem Hinweis. Sie müssen über ein vollkommen eigenes Kommunikationssystem verfügen, vermutete er. Ihre Daten sind unauffindbar abgeschirmt. Nicht eine Spur führt zu ihrem riesigen Vermögen, das geschätzt größer sein dürfte als das einiger Länder. Andere Vermutungen wiederum behaupten, die Dynastie führe ihre Bücher noch von Hand. Ein völliger Verzicht auf die elektronische Datenverarbeitung heutzutage ist allerdings undenkbar.

Vollkommen wahnwitzig aber ist die Finanzierung eines Forschungsprojekts an einem Institut für Humangenetik einer französischen Universität, das der Vater in Auftrag gab: die Erblinie der Familie anhand ihrer genetischen Merkmale zurückzuverfolgen. Tatsächlich stellte die Rückverfolgung bis in das Gebiet der Schwarzmeerregion eine Überraschung dar. Den Ableger einer aus ungeklärten Gründen unterbrochenen Linie jedoch bei einem weiblichen Kriegervolk in Schottland aufzuspüren, wurde von wenigen Eingeweihten als Sensation gefeiert. Der Wahnsinn aber darüber hinaus: die Absicht seinen Herrschaftsanspruch in dieser Region aufgrund seiner Abstammung zu legitimieren.

Eine noch in dieser Nacht durchgeführte Recherche im Internet führte zu keinem Ergebnis. Zufällig stieß ich zwar auf eine Notiz, die den unter mysteriösen Umständen begangenen Diebstahl eines Amuletts und den einer antiken Tontafel wenige Monate zuvor im April aus einem archäologischen Institut in Nantes meldete. Einzelheiten zur Vorgehensweise erfuhr ich aber nicht. Erwähnt wurde lediglich, die Artefakte seien aufgrund ihres Alters von mehreren tausend Jahren von unschätzbarem Wert.

„So! Und nun? Bist du der Hexe jetzt auf ewig verfallen? Oder wie denkst du damit umzugehen?" fragte Anna mich. Ich antwortete nicht. „Darf ich dir einen gut gemeinten Rat geben?" fuhr Anna fort: „Dann lass die Finger von ihr! Vergiss sie! Lena ist eine Hüterin. Sie ist eine Schamanin, Bardin oder sonstwas. Trauer ihr nicht nach! Du tust dir damit keinen Gefallen. Ich bin mir sicher: Sie wird zu dir nicht zurückkehren. Zu ihrem eigenen Glück benötigt sie nicht einen Menschen."

Anna und ich schliefen am Sonntag aus. Gemütlich verbrachten wir den Tag. Wir frühstückten in aller Ruhe, gingen spazieren und sahen uns die Stadt an. In einem der zahlreichen und gut besuchten Lokale der Stadt tranken wir Kaffee und aßen Kuchen. Am Montag hingegen standen wir früh auf. Gegen sieben Uhr verabschiedeten wir uns von Elena. Anna erklärte, ab neun Uhr werde sie in Brügge erwartet. Mir blieb noch Zeit, bei einem nahe gelegenen Bäcker belegte Brötchen zu kaufen. Wenig später lotste Anna mich auf die Autobahn.

Einen gebührenfreien Parkplatz fanden wir nur außerhalb der Altstadt. Brügge: ein Handelszentrum im 13. Jahrhundert. Die Altstadt befindet sich in einem außerordentlich gut sanierten Zustand. Ich war beeindruckt von den gewaltigen Bauten, vom einstigen Reichtum der Stadt, dem Einfluss und der Macht, die die Stadt ausgeübt hatte. Eine Stadt, die sich heute mehr in einer Art Dornröschenschlaf befindet, ungeachtet der Touristenschar, die sich täglich über die gepflasterten Straßen und durch die engen Gassen schiebt. Wie schon in Gent säumten zahlreiche Cafés die Plätze, waren unterschiedliche Boutiquen vertreten und: Natürlich mangelte es nicht an der beliebten belgischen Schokolade. Das stellte ich fest, während ich an Annas Seite zum Institut eilte.

Das Institut, eine Stiftung, die die Ausgrabungen in Rumänien finanzierte, befand sich abseits der Touristenroute in einem ruhig gelegenen Hinterhof. Anna wurde von der Angestellten am Empfang mit einem überraschenden, bald demutsvollen Respekt empfangen, der ihr sichtbar peinlich war. Als Bittstellerin schien sie ganz offenbar nicht in die Stadt gekommen zu sein. Ich wurde gebeten, am Empfang zu warten. Ich setzte mich auf das Sofa, das dort stand. Wenig später reichte man mir einen Kaffee und etwas Gebäck.

Was ich zu jenem Zeitpunkt nicht wusste, was mir Anna später während unserem Mittagessen mit etwas Stolz in ihrer Stimme verriet, war die freudige Überraschung, dass die Stiftung sie nach Begutachtung ihrer vorläufigen Ergebnisse mit der Leitung für weitere Ausgrabungen ab dem Frühjahr im nächsten Jahr beauftragt hatte. Das war Grund genug für uns, mit einem Sekt anzustoßen, und endete nach einem großartigen Besäufnis in einem Doppelzimmer eines kleinen gemütlichen Hotels der Stadt.

Die gemeinsamen Tage mit Anna behielt ich in wunderbarer Erinnerung. Das Hotelzimmer buchte ich für zwei weitere Nächte. Am Donnerstag fuhren wir nach Gent zurück. Wir verbrachten eine weitere Nacht bei Elena. Anna beabsichtigte dort zu überwintern. Am Freitagmorgen schließlich verabschiedeten wir uns voneinander. – „Der Abschied wird nicht für immer sein", erklärte Anna. „Wir werden uns gewiss wiedersehen." – Eine Beziehung hatte sie von Beginn an nicht in Aussicht gestellt. Sie befand sich auf Durchreise. Und ich? Ich hatte mich für einige Tage zu Gast bei einer Besucherin gefühlt.

Wie in den Jahren zuvor planten Toni und Michael das Weihnachtsessen für den Abend vor Heiligabend. Den Heiligabend selbst würde ich bei meinen Eltern verbringen. Ich beabsichtigte, den Zug gegen Mittag zu nehmen. Den Zeitpunkt meiner Rückkehr ließ ich offen. Silvester aber plante ich in Hamburg im Kreis meiner Freunde.

Die Vorweihnachtszeit selbst startete in diesem Jahr für mich bereits Mitte November. Der Weihnachtsmarkt erstreckte sich vom Hauptbahnhof bis über den Rathausmarkt und Jungfernstieg hin zum Gänsemarkt und tauchte die Innenstadt in ein Lichtermeer. Budenzauber, Glühwein und Bratwurst, auf der Suche nach geeigneten Weihnachtsgeschenken für meine Eltern zwängte ich mich durch die Menschenmassen und genoss die Atmosphäre.

Und wie bereits im vergangenen Jahr hatten meine Freunde entschieden, im Anschluss an das Essen im Lokal zu musizieren. In diesem Zusammenhang fiel mir ein, dass die Musiker ebenerdig gesessen hatten, und bot an, meinen Beitrag zu leisten und ein Podest zu zimmern. Die Wochen vor Weihnachten war ich also gut beschäftigt.

Das Podest zimmerte ich bei mir zuhause im Hinterhof zusammen, und zwar in einer leerstehenden Werkstatt, die Thomas mir zur Verfügung stellte. Am Nachmittag vor Heiligabend lud ich die einzelnen Elemente in meinen Transporter und fuhr zum Café. Toni und Michael waren bereits mit den Vorbereitungen für den Abend beschäftigt, während ich das Podest auslud. Ich rückte die Bauteile im hinteren Teil vom Café zurecht und verschraubte diese miteinander, als ich plötzlich einen kühlen Windzug spürte. Neugierig wandte ich mich um zur Tür und erkannte Lena. Mir stockte das Herz. Ohne ein Zögern trat sie wie selbstverständlich aus der Kälte in das Lokal. Auf dem Rücken trug sie ihren Instrumentenkoffer. Mir zitterten die Knie. Sie erkannte mich, ganz als hätte sie mich dort erwartet, lächelte und winkte mir fröhlich zu.

„Überrascht?" fragte sie mich verwundert. Sie zog ihre Wollmütze vom Kopf, breitete beide Arme aus und umarmte mich. – Toni kam aus der Küche. Sie erkannte Lena, ging um den Tresen herum und schloss sie herzlich in ihre Arme. – „Ihr kennt euch?" fragte Toni erstaunt. – Mit keinem Wort hatte sie Lenas Teilnahme am Essen erwähnt. Und auch ich hatte mich während der vergangenen Wochen zunehmend weniger im Zwiegespräch mit Lena ertappt. Zum einen schwärmte ich in Erinnerungen an meine gemeinsamen Tage mit Anna, zum anderen war ich gut beschäftigt und abgelenkt gewesen.

Michael kam aus der Küche. Gut gelaunt gab er Lena die Hand. – „Ist das neu?" fragte Lena und zeigte auf das Podest. „Ja", erklärte Toni: „Es handelt sich um Jans Beitrag für diesen Abend", und legte mir freundschaftlich einen Arm um meine Schultern. „Super", lobte Lena meine Arbeit und stellte ihren Instrumentenkoffer auf das Podest. – „Du bist früh", stellte Toni fest. „Heute Mittag eingetroffen", antwortete Lena. „Da wollte ich keine Zeit verlieren. Kann ich helfen?" „Gerne." – Beide gingen sie um den Tresen in die Küche. – „Wir reden später", raunte sie mir zwinkernd im Vorbeigehen zu.

Der Abend verlief wie geplant. Gegen achtzehn Uhr trafen die Freunde nach und nach gutgelaunt ein. Vereinzelt brachten sie Gäste mit, überwiegend Künstler, Musiker, die einen schönen Abend miteinander zu verbringen beabsichtigten. Toni und Michael hatten in der Mitte vom Lokal die Tische zu einer großen Tafel zusammengerückt. Vorbereitet hatten sie eine fürstliche Pute, Kartoffelgratin, Gemüse und Salat. Als Nachspeise stellten sie eine große Schüssel mit Panna Cotta auf den Tisch und dazu verschiedene Sorten Eis. Ausgelassen wurde gequatscht. Lustiges durchmischte sich mit Kontroversem, Neuigkeiten paarten sich mit Erinnerungen, ausgewählte Erlebnisse aus der Vergangenheit unterstrichen Meinungen zu aktuell tagespolitischen Ereignissen, bis die Beteiligten schließlich ihre Gespräche unterbrachen und die Musiker zu ihren Instrumenten griffen. Die Tische wurden gestapelt und an die Seite geschoben, die Getränke auf dem Tresen abgestellt. Thomas setzte sich ans Klavier, Michael packte eine Gitarre aus und dazu ein Bandoneon. Gäste, die ich nicht kannte, setzten sich dazu, stimmten eine Violine, ein Cello und einen Kontrabass. Dazu gesellten sich eine Klarinette und eine Trompete. Die Session begann.

Ich saß am Tresen und beobachtete das Treiben. Ein Schlagzeug wurde hereingetragen und aufgestellt. Die Musik veränderte sich, Tanzstücke wurden angestimmt. Lena griff überraschend zur Gitarre, Michael spielte Bandoneon. Für eine kurze Pause setzte Toni sich zu mir. Sie sah mich an und lächelte. – „Nun erklär mir bitte", forschte sie nach und beugte sich zu mir hinüber: „Welchen Knopf hast du gedrückt, Lena zu verführen?" Ich stutzte. „Ernsthaft!" fuhr sie fort und schmunzelte amüsiert. – Ich bemerkte, dass Toni bereits einige Gläser Wein getrunken hatte. – „Ich kenne niemanden, dem dieses Glück bisher zuteil wurde", betonte sie. „Respekt! Es müssen einzigartige Gründe gewesen sein, die sie schwach werden ließen." Aufmunternd hob sie ihr Glas und prostete mir zu.

Ein Höhepunkt für mich war schließlich, als Lena ihre Laute auspackte. Ich staunte. – „Das ist ein wirklich kostbares Instrument", erklärte Toni. „Ich meine aus dem 17. oder 18. Jahrhundert. – Übrigens: Lenas Meisterwerk ist eine Transkription der Winterreise von Schubert für Gesang und Laute. Das Konzert im Rahmen ihres Examens war großartig." – Eine Anekdote erzählte Toni mir etwas später, die ich allerdings für wenig glaubwürdig hielt: Man erzählt sich, Lena habe von ihrem Vater zu ihrem achtzehnten Geburtstag in der Carnegie Hall ein Symphoniekonzert geschenkt bekommen.

„Und?" fragte Lena: „Wie gefällt dir der Abend? Was machen deine Reisevorbereitungen?" – Sie setzte sich zu mir, lächelte und goss sich ein weiteres Glas Wein ein. – „Heute trinken hier aber alle ganz gut was weg, oder?" fragte ich. „Ja", antwortete sie mit einem Schmunzeln, „das kann man so sagen." – Ich erzählte Lena, was ich in den vergangenen Monaten erlebt hatte. Ich erzählte von der Arbeit, einem Besuch bei meiner Mutter, von Konzerten und den Unterhaltungen im Café. Die Momente meines Trübsinns oder meiner Einsamkeit erwähnte ich ihr gegenüber allerdings nicht, noch plauderte ich über die mit Anna gemeinsam verbrachten Tage. Dennoch fragte ich sie zu vorgerückter Stunde, warum sie im Sommer ohne einen Gruß zum Abschied gegangen sei und warum sie mir keine Erreichbarkeit in New York hinterlassen habe. Ich wünschte mir eine Erklärung.

Erstaunt blickte sie mich an. „Ich wollte dich nicht wecken", erklärte sie. „Es war sehr früh. Ich verließ dich gegen fünf. – Ich nahm an, deine Erwartungen würden die einer gemeinsamen Nacht nicht überdauern. Du plantest doch deine große Fahrt." – Demnach war ich einem Missverständnis aufgesessen! All mein Denken hatte sich in den verwinkelten Gängen eines Hirngespinstes verlaufen! Auf den Schreck bestellte ich ein weiteres großes Bier. – „Trink nicht zu viel!" raunte Lena mir zu mit einem Augenzwinkern. „Wir wissen noch nicht, wie dieser Abend ausklingen wird."

Vor allem aber: Wo? fragte ich mich. – Lena stand auf. Sie nahm ihr Glas und stützte sich mit der zweiten Hand auf meinem Oberschenkel ab, während sie vom Barhocker stieg. Sie war sich ihrer zauberhaften

Wirkung auf mich ohne einen Zweifel bewusst. Ihr zu widerstehen, war ich nicht fähig. – „Du wirst heute noch benötigt", flüsterte sie mir ins Ohr und setzte sich zu den anderen zurück auf das Podest.

Weit nach Mitternacht verabschiedeten sich die Musiker und Freunde einer nach dem nächsten. Toni und Michael räumten auf. Lena half ihnen. Ich baute das Podest ab und verstaute die einzelnen Elemente im Transporter. Als alles erledigt war, verabschiedete ich mich. Lena zog ihre Jacke über, nahm ihr Instrument und folgte mir in die Kälte. – „Und jetzt?" fragte ich. „Gehen wir noch auf ein Getränk zu dir!" antwortete sie prompt. – Sie hakte sich bei mir ein und schob mich Richtung Heimat.

Wir gingen die Bernhard-Nocht-Straße in Richtung Michel. Am Geesthang Höhe Seewetteramt staunte ich über den ungewöhnlich klaren Sternenhimmel, wie er über Hamburg selten zu sehen ist. Der Vollmond hing tief über den Kränen am gegenüberliegenden Ufer vom Hafen. Lena erzählte mir von ihrem Aufenthalt in New York, von ihren Eindrücken, dem Wetter und ihren Ausflügen, die sie in der Metropole oder ins Umland unternommen hatte. Wir stiegen die Stufen in meine Wohnung unters Dach hinauf, wo sie, kurz nachdem ich die Wohnungstür hinter mir geschlossen hatte, in meinem kleinen Flur über mich herfiel. Sie zog mich dicht heran, drückte mich gegen die Wand und küsste mich fest auf meinen Mund. Ihr Bein presste sie zwischen meine Schenkel und glitt mit ihrer rechten Hand unter meine Jacke und den Pullover. Ich fühlte mich wie elektrisiert. Ohne ihren Mund von meinem zu lösen, zog und schob sie mich in mein Zimmer. Sie zerrte an meinen Klamotten und drückte mich aufs Bett. Ich landete auf dem Rücken, sie kam rittlings auf mir zum Sitzen, öffnete meinen Gürtel und zog mir die Hose runter.

„So, nun erde mich!" raunte sie mir mit rauer Stimme ins Ohr. Sie warf sich auf den Rücken und zog mich auf sich rauf, spreizte die Beine und schlang sie um mich. Sie drückte mich kräftig an sich, klopfte und schlug den Takt.

Zwei Tage vor Silvester überraschte Lena mich im Café. Die Weihnachtstage hatte ich gemeinsam mit meinen Eltern verbracht. Ich brauchte ihnen nicht zu erklären, dass ich das neue Jahr in Hamburg mit meinen Freunden zu feiern wünschte. Ich nahm den Zug am frühen Nachmittag, setzte mich abends an den Tresen und quatschte mit Toni oder sah ihr bei ihrer Arbeit zu. – „Warum suchst du meine Nähe?" fragte ich Lena. Sie legte den Kopf schief: „Ich verstehe nicht ganz." „Warum verlangt es dir nicht nach deinesgleichen?" Lena schwieg. Sie dachte nach. Und nach einem Moment erklärte sie: „In deiner Gegenwart fühle ich mich frei. Frei von Zwängen, von sozialen oder familiären Verpflichtungen. Ich spüre meine Gegenwärtigkeit. Frischer Wind bläst mir ins Gesicht. Ich fühle mich ganz einfach nicht allein, einsam. Warum fragst du?" „Weil ich verunsichert bin", entgegnete ich. „Die Leute erzählen merkwürdige Geschichten über dich, über deine Familie. Das verwirrt mich." „Und? Glaubst du diesen Leuten? Ihren Geschichten?" fragte sie. „Ich bin mir nicht sicher. – Dein Vater zum Beispiel: Hat er dir zu deinem achtzehnten Geburtstag wirklich ein Sinfoniekonzert geschenkt?" Ohne eine Regung musterte Lena mich, sagte nichts. „Ich meine: Wie stellt man das an? Was kostet das!"

„Bist du zu einem Handel mit mir bereit?" fragte Lena mich nach einer Weile. „Nur ein kleines Geschäft." Ich überlegte. „Eine Bedingung ist: zu schweigen! Was du auch erleben wirst, du wirst mit niemandem darüber sprechen dürfen! Andernfalls wirst du und jeder weitere Mitwisser auf tragische Weise verunglücken. Jede Spur einer Erinnerung an das Erlebte wird notwendig vernichtet werden müssen." Lenas Stimme klang kalt, frostig. Mir war unheimlich zumute. Ein hoher Preis für ein Stück Gewissheit. Trotzdem: Ich willigte ein.

Nachdem wir ausgetrunken hatten, mahnte Lena zum Aufbruch. Auf der Reeperbahn winkte sie ein Taxi heran. – „Hast du deinen Ausweis dabei?" fragte sie. Ich nickte. – Wir fuhren Richtung Altona und die Elbchaussee bis Klein Flottbek. In Höhe Nienstedten folgte das Taxi dem Straßenverlauf der Elbchaussee und bog kurz darauf links ab in eine kleine Seitenstraße.

Das Fahrzeug kam vor einem hohen schmiedeeisernen Tor zum Stehen. Wir stiegen aus. Soweit ich erkannte, war das Grundstück von einer hohen Mauer eingefriedet. Dicht stehende Fichten versperrten die Sicht auf das Gelände. Lena schlüpfte durch eine kleine Pforte rechts neben dem Tor. Ich folgte ihr die weitgewundene Kiesauffahrt, bis wir schließlich vor einer herrschaftlichen Villa standen, ihrem Elternhaus. Lena nannte es *Das Geisterhaus*. Vier hohe schmale Säulen stützten den weißen Giebel. Vier breite flache Stufen begrenzten das Portal. Kurz bevor Lena die Haustür erreichte, öffnete ein schwarz livrierter Diener. – „Gnädige Frau", grüßte er. „Wir hatten Sie nicht erwartet." Lena schob sich an ihm vorbei. „Rudolf, bitte keine Umstände, keine Extravaganzen, wir werden in Kürze wieder fahren." „Ganz wie Sie wünschen." – Sie ließ den Butler einfach stehen. Wir durchschritten eine Ehrfurcht einflößende, marmorierte Eingangshalle und stiegen eine breite Wendeltreppe hinauf in die erste Etage. Oben angelangt erschrak ich. Musik durchbrach blechern die eisige Stille im Haus. Sie schallte durch den dunklen Flur zu uns hinüber. Es handelte sich um Salonmusik. Ich vermutete aus den Jahren vor dem Zweiten Weltkrieg, abgespielt auf einem Grammophon. Das Haus hatte auf mich mehr einen verlassenen Eindruck gemacht. Mit Bewohnern hatte ich nicht gerechnet. – „Meine Großmutter", erklärte Lena. „Komm! Wir wollen ihr einen guten Abend wünschen."

Ich folgte Lena durch den dunklen Flur. Am Ende des Ganges stand eine Tür einen Spalt weit offen. Gedimmtes Licht drang durch den Spalt. Im Zimmer erkannte ich eine alte Dame, die bequem auf einem Diwan saß und las. Der Boden war mit einem Perserteppich ausgelegt, die Fenster mit schweren Vorhängen ausgestattet. – „Kindchen!" sagte sie überrascht. „Mit dir hatte ich nun überhaupt nicht gerechnet. Warum kündigst du dein Kommen immer noch nicht an, wie es sich für eine Dame deines Standes gehört!" „Hallo Oma", begrüßte Lena sie. „Und wer ist dein Begleiter? Möchtest du ihn mir nicht vorstellen!" „Oma, das ist Jan, ein Freund." „Ein Freund!" Sie schien empört. „Kindchen! Wann kommst du zur Vernunft? Du solltest heiraten! Einen Stammhalter in die Welt setzen! Dich verloben! Und nicht Freundschaften schließen! Oder handelt es sich bei dem jungen Mann hier gar um einen Todgeweihten? Verzeihen Sie meine Empörung!" sagte sie an Jan gewandt: „Lena jedoch hat uns bisher keinen Herren vorgestellt, der ihrer ebenbürtig um ihre Hand hätte anhalten können. Sind Sie reich?" „Oma!" unterbrach Lena sie. „Jetzt reicht es aber! Lass meinen Gast in Ruhe!" „Kindchen! Wie redest du denn mit mir?"

„Komm! Wir müssen weiter", brach Lena das Gespräch ab und zog mich hinter sich aus dem Zimmer. „An ganz schlimmen Tagen verweilt sie gedanklich in der Kolonialzeit. In Indien, Kalkutta. Sie spricht dann Englisch, verlangt nach Whiskey und hört nicht auf über Gandhi zu schimpfen." Lena schüttelte den Kopf. „Trotzdem: Sie ist meine Oma."

Lena eilte zurück in die Halle und ging in den zweiten, den gegenüberliegenden Flügel der Etage. Dort befand sich das Arbeitszimmer ihres Vaters. Dies war ebenso herrschaftlich eingerichtet wie das Zimmer der Oma, mit braunen massiven Holzmöbeln, Ledersessel sowie Ledersofa und bis unter die Decke reichenden Regalen. Unbeeindruckt ging Lena zum Schreibtisch, zog die oberste Schublade auf und nahm einen Autoschlüssel. In diesem Moment sah ich auf der Schreibtischunterlage eine Fotografie aufblitzen. Ich erkannte eine schmale Tontafel mit merkwürdigen Einkerbungen. – „Komm!" forderte Lena mich auf und zog mich hinter sich her. „Willst du fahren?" fragte sie mit einem Grinsen. „Wir nehmen den Sportwagen. Englisches Modell. Ein Oldtimer. Eine Rakete. Wird dir Spaß machen. Wir machen einen kleinen Ausflug." – In der Halle wies sie den Butler an: „Lassen Sie die Maschine startklar machen! Eintreffen in ca. dreißig Minuten. Ziel: London." – In der Garage erklärte sie: „Wir fahren zum Flughafen! Privatflieger. Kennst du den Weg dorthin? – Ich werde ihn dir zeigen."

Ich fuhr den Wagen aus der Garage, ließ ihn langsam über den Kies rollen, das Tor öffnete sich automatisch. Wir fuhren zügig und auf dem direkten Weg zum Flughafen. Dort gelangten wir auf das Flughafengelände über eine Nebenzufahrt. Zugangskontrolle. Lena lotste mich etwas abseits in eine Halle, wo ein kleiner Privatjet für uns bereit stand. Wir ließen den Wagen stehen und stiegen ohne Verzögerung ein. Eine Stewardess erwartete uns, wenig später stieg der Pilot zu. – „Wir können starten, gnädige Frau!" „Robert, fliegen Sie uns nach London!" „Sehr gerne. London ist das Ziel."

„Sieh im Internet nach, was für ein Konzert morgen in der Royal Albert Hall stattfinden wird", forderte Lena mich auf. Im gleichen Moment griff sie zum Bordtelefon: „Rudolf? – Gut. Seien Sie bitte so freundlich und reservieren Sie meiner Begleitung und mir für morgen Abend zwei Karten im ersten Rang in der Royal Albert Hall. Ich wäre Ihnen sehr verbunden. Danke." Und beendete das Gespräch. – „Ich bin gleich wieder da", entschuldigte Lena sich. „Ich gehe vor dem Start noch schnell zur Toilette." Sie steckte das Telefon in die Jacke und stand auf.

Vor mir auf dem Tisch stand ein Laptop. Ich recherchierte:

Royal Philharmonic Orchestra. Tchaikovsky, Romeo and Juliet, Prokofiev, Piano Concerto No. 2 in G minor, op. 16, Brahms, Symphony No. 2 in D major, op. 73. Conductor: Sir James Rubin, Piano: Konstantin Chrustovsky. Saturday, 30 December at 7.30 at London's Royal Albert Hall.

Während des Flugs berichtete Lena von ihrem Aufenthalt in New York zu ihrem achtzehnten Geburtstag. Das Geschenk ihres Vaters: eine Programmänderung des Sinfoniekonzerts an jenem Abend in der Carnegie Hall. Das Programm: von Tschaikowsky, die Balletsuite Schwanensee, Max Bruch, die Schottische Fantasie, und von Mendelssohn, die schottische Sinfonie.

Mir war immer bewusst, aus privilegierten Verhältnissen zu stammen, erzählte Lena. An jenem Abend aber ahnte ich, dass auch diese das privilegierte Maß überstiegen. Mein Vater bezahlte das gesamte Konzert. Die Besucher erhielten auf Wunsch ihr Geld zurück. Er bezahlte das Essen in der Pause, die Getränke, er übernahm sogar die Kosten für die Garderobe. Er liebte mich auf seine Art, und ich lernte, mit der Gewissheit umzugehen, von niemandem je an normalen Maßstäben gemessen zu werden. Die einzigen Freunde in meinem Leben fand ich während meines Studiums im Café Comunità. Dort fand ich einen Unterschlupf.

Mein Vater war auf Reisen, solange ich denken kann. Meine Mutter verreiste in den vergangenen Jahren zunehmend. In dem Haus meiner Eltern verkehrten Menschen aus der gesamten Welt. Kaufleute, Politiker, Diplomaten, aus den Vereinigten Staaten, aus Südamerika, Asien, Singapur, Indien oder auch Hong Kong. Menschen mit ungewöhnlich guten Manieren, mit ganz besonderen Umgangsformen, die auf dem internationalen Parkett das Öffentliche vom Privaten gut voneinander zu trennen wussten. Fremden Menschen mit Neugier, Hochachtung und Respekt zu begegnen, wurde mir mit in die Wiege gelegt. Ich spüre kein Bedürfnis nach Abgrenzung noch sehe ich meinen Besitz in Gefahr. Vielmehr wünsche ich mir, den Versuch zu wagen, einander zu verstehen und voneinander lernen zu wollen.

In London wartete auf uns eine Limousine, die uns direkt ins Hotel fuhr. Lena bestellte eine Flasche Champagner. Ich war überwältigt vom Blick über die Stadt. Die übrige Zeit vom Abend verbrachten wir im Bett unserer Suite. Wir schliefen aus und frühstückten im Zimmer. Nachdem wir uns fertig gemacht hatten, zeigte Lena mir die Stadt. Sie führte mich zu den zentralen Sehenswürdigkeiten: zum *Trafalgar Square*, dem *Big Ben*, den *Houses of Parliament*. Wir besichtigten die *Westminster Abbey*, warfen einen kurzen Blick auf den *Buckingham Palace* und tranken am Nachmittag in der Nähe vom *Hyde Park* Kaffee. Später gingen wir ein Stück an der Themse spazieren, bis wir schließlich zur *Tower Bridge* und dem *Tower of London* gelangten. Ein Tag in der Metropole ist kurz. Zu Abend aßen wir im Hotel, wenig später fuhr uns eine Limousine zur *Royal Albert Hall*.

Nachdem wir unsere Jacken an der Garderobe abgegeben hatten, las ich im Foyer die Programmankündigung. Ich übersetze: Programmänderung. Aufgrund eines aktuellen Anlasses wurde das Konzertprogramm für den heutigen Abend geändert. Royal Philharmonic Orchestra. Felix Mendelssohn-Bartholdy, Ouvertüre, Die schöne Melusine, Max Bruch, Schottische Fantasie, Felix Mendelssohn-Bartholdy, Symphony no. 3 in A minor, op. 56 „Scottish". Dirigent: Sir James Rubin, Violine: Salomon Stern. Auf Wunsch werden die Kosten an der Abendkasse erstattet. – „Du siehst!" ergänzte Lena: „ein Kinderspiel."

Das Konzert war großartig. Orchester und Dirigent waren fabelhaft, der Solist brillant. Den Abend ließen wir in einer Cocktailbar ausklingen. Wir saßen gemütlich in einer Nische und unterhielten uns über das Konzert, über London und das seit gestern Erlebte. Zurück im Hotel drückte Lena mich aufs Bett. Der Alkohol zeigte seine enthemmende Wirkung. – „Was tust du?" fragte ich amüsiert. „Nach was sieht es denn aus?" entgegnete sie mit einem Lächeln. – Mit ihren zarten Händen fuhr sie unter meine Kleidung, sie verführte mich, streichelte meinen gesamten Körper und liebkoste ihn mit ihren Lippen. Sie bestimmte die Richtung. Ich ließ sie gewähren, bis sie nach einer Weile mich zum Höhepunkt zu reiten begann. Sie stieg ab, legte sich auf den Rücken und zog mich auf sich hinauf. Mit ihren Füßen trommelte sie den Takt. Sie hetzte mich weiter, und als ich kam, schrie sie hoch auf. Ihre Stimme klang hell und klar. Sie presste mich fest an sich und drückte mich tief in sie hinein. Ich erschrak. Mir stockte das Herz. Ich versuchte sie zu verlassen, ich stieß mich von ihr ab. Sie aber hielt mich fest umschlungen. Nicht einen Zentimeter gab sie nach. Ohne dass ich es geahnt hatte – ich war mir dessen gewiss –, zeugte sie ein Kind mit mir, einen Nachfahren. Das Thema Verhütung war nicht zur Sprache gekommen. Ich nahm an, dass sie verhütete.

Ich wagte aber nie zu fragen. Sobald sie mich mit ihren Händen und Liebkosungen zu verzaubern begann, verlor ich die Kontrolle. Mein Bewusstsein glitt aus dem Diesseits in eine Trance. Plötzlich wachte ich auf. Ich hatte geträumt.

Lena war fort. London nur ein Traum gewesen? Ich sah mich im Zimmer um und horchte in die Stille. Nichts. Sie war gegangen, ohne sich zu verabschieden. – *Verzeih mir, Abschiede aber zählen nicht zu meinen Stärken.* – Trotzdem: Ich hatte ein ungutes Gefühl. Ich erinnerte nicht, in der vergangenen Nacht verhütet zu haben. Mit Anna undenkbar. Sie hatte jedes Mal peinlichst genau auf die Verhütung geachtet. Lena aber ließ mich zu fragen kaum Atem holen.

Als ich aufstand, fand ich auf meinem Schreibtisch eine Notiz. Das Blatt, sorgsam aus einem Skizzenbuch herausgetrennt: *Über die Gelassenheit*

das Loslassen,
das Hinaustreten
aus dem Kreislauf der Wiederkehr des Grübelns,
der Zweifel,
in die Offenheit.

Die Lebenszeit umspannt mein Dasein als Reisende, eine Besucherin. Ich empfinde mich als Gast in dieser Welt, eine Zeitzeugin, die die Dinge geschehen lässt.

Aufmerksam,
in Achtsamkeit
mit Ruhe,
in der Stille
wende ich mich dem Sosein zu.

Meiner selbst bewusst, genüge ich mir selbst,
ich schreie nicht nach Geltung,
Selbstwirksamkeit verlangt nicht nach Anerkennung.

Ich erinnere mich an eine Anmerkung, die Lena äußerte, als wir im Sommer abends auf meinem Balkon saßen und uns über ihr Skizzenbuch beugten: Zwischen Notwendigkeit und Möglichkeit sucht manch Mensch nach Identität. Er wählt sich, er weiß sich als Entwurf. Stimmt seine gewünschte Vorstellung mit dem seines ihm vergegenwärtigten Entwurfes nicht überein, versinkt er in Verzweiflung. Die Akzeptanz seines aufgrund seiner unaufhebbaren Gegensätze und Widersprüche nicht in Übereinstimmung zu bringenden Einssein gelingt ihm nicht.

Zwei Wochen später erhielt ich eine Postkarte aus Montreal: *Jan,* schrieb Lena, *mein Weg wird mich in Teile dieser Welt abseits deiner Pfade führen. Verzeih mir bitte.* – Am Abend war ich überzeugt: „Ich akzeptiere ihren Entschluss", erklärte ich Toni mit Nachdruck. Ich saß am Tresen und trank einen großen Schluck aus meinem Glas. In meine Kladde notierte ich abschließend:

Die Wende, vom Fliegen, das Abheben zum Einssein, Freisein. Das Bewusstsein, sich seiner selbst bewusst, zu Eins geordnet, kehrt sich ab. Das Abheben ereignet sich in dem Moment der achtsamen Zuwendung: dem Tätigsein im Einklang mit der Begabung. Versunken in Selbstvergessenheit ist die Seele taub für das Schlagen der Zeit.

Jens Hanisch
Mondsee Philomela

„Johannas Leben ist eine einzige Lüge. Eine Illusion." - Eine schwerwiegende Anschuldigung. Zu welchem Mittel aber greift ein Mensch, der Welt mit Würde gegenüberzutreten? - „Soll ich lachen oder weinen?" wird Johanna ihren Freund Martin fragen. „Das große Lachen. Ist dies wirklich der Weisheit letzter Schluss?"

Hamburg. Dem Gelingen seiner zwei Freunde auf der Spur richtet Michael, der Besitzer vom Café Kommunal, seine Aufmerksamkeit auf den inneren Konflikt des zutiefst verletzten Bedürfnisses nach Autonomie und auf das zehrende Verlangen nach Wiedergutmachung. Während Johanna als Malerin Zuflucht in ihrer Phantasie sucht, stieg Martin aus seinem Leben als Biologe aus. Und trotzdem die Vergangenheit ihre Schatten auf die Gegenwart wirft, trotzen die Freunde dem Vorwurf der Lebenslüge und führen ihrem natürlichen Willen gefolgt ein für sie im Einklang mit sich bejahenswertes Leben.

Roman, 298 Seiten
www.eudämonis.de